Já não me sinto só

Maria Flor

Já não me sinto só

 Planeta

Copyright © Maria Flor, 2021
Copyright © Editora Planeta do Brasil, 2021
Todos os direitos reservados.

Preparação: Departamento editorial da Editora Planeta do Brasil
Revisão: Elisa Martins e Fernanda Guerriero Antunes
Diagramação: Marcela Badolatto
Capa: Departamento de arte da Editora Planeta do Brasil
Ilustração de capa: Anna Cunha

Dados Internacionais de Catalogação na Publicação (CIP)
Angélica Ilacqua CRB-8/7057

Flor, Maria
   Já não me sinto só / Maria Flor. – São Paulo: Planeta, 2021.
192 p.

ISBN 978-65-5535-309-9

1. Ficção brasileira I. Título

21-0573	CDD B869.3

Índices para catálogo sistemático:
1. Ficção brasileira

2021
Todos os direitos desta edição reservados à
EDITORA PLANETA DO BRASIL LTDA.
Rua Bela Cintra 986, 4º andar – Consolação
São Paulo – SP – 01415-002
www.planetadelivros.com.br
faleconosco@editoraplaneta.com.br

Esta é uma obra de ficção. Qualquer semelhança com nomes, pessoas, fatos ou situações da vida real terá sido mera coincidência.

Para Emanuel, que me ajudou a encontrar o amor.

Essa é a minha história. É só isso.

Não é uma história fantástica nem é melhor do que qualquer outra história que exista, de qualquer outra pessoa. É simplesmente a minha pequena história.

Talvez você tenha comprado este livro porque eu sou atriz e você me conheça de alguma novela ou filme ou mesmo do YouTube. Mas a verdade é que isso não importa aqui.

Eu sou apenas uma mulher escrevendo a própria história.

É claro que eu não vou conseguir me lembrar de tudo e, possivelmente, vou inventar uma coisa ou outra aqui e ali.

Vou reconstituir os fatos com a minha memória. E a memória da gente sempre é algo inventado, não é?

O jeito que a gente lembra já é, de alguma

forma, uma recriação da verdade de quando tudo se deu.

Eu gostaria que você gostasse da minha história e, consequentemente, gostasse de mim.

A história que estou tentando contar é uma história de amor, a história de como eu encontrei o amor. É cafona, eu sei, mas ele existe, o amor.

Eu não sabia, na verdade.

Sempre achei que ele era outra coisa, como o que vemos nos filmes e nas novelas.

Até vivi algumas histórias de amor como essas na ficção, e talvez por isso eu não acreditasse na existência desse amor.

Hoje eu acredito.

Eu gostaria muito que você encontrasse o seu amor também. É difícil, eu sei, é muito difícil. Mas espero, pelo menos, conseguir fazer você acreditar nele.

É só isso que eu espero.

CAPÍTULO UM

Eram quatro e meia da manhã e nada de o sono chegar. Eu não dormia fazia três dias. O meu coração meio que tinha parado havia dois. Não sei se foi no momento em que tirei minhas coisas do armário, uma a uma: vestidos, blusas, a minha calça preferida... ou se foi quando olhei para a cama ainda desfeita e me lembrei de nós ali.

A minha última lembrança boa era de deitar ao lado dele, acho que foi depois de algum show ou de uma festa, porque estávamos muito cansados e bêbados.

Tínhamos tomado um ácido e, quando chegamos em casa, já desmaiados, loucos e sujos, fizemos o melhor sexo da nossa vida, pelo menos para mim.

Quando deitei a cabeça no peito dele, usando seu braço direito como travesseiro, ele me olhou e sorriu. E tudo fez sentido. Ele sempre sorria.

Não verei mais esse sorriso. Tenho que guardá-lo na minha memória, que a cada dia fica mais longe e mais estranha.

Quando foi mesmo que a gente se desapaixonou?

Sentada na cama, no quarto de hóspedes da casa da minha mãe, eu pensava devagar sobre o que estava fazendo com a porra da minha vida e o que faria dali para a frente.

Marquei com ele às onze horas da manhã na nossa casa, que não é mais nossa, é dele, para pegar as minhas coisas.

Ele iria temporariamente para a casa do pai enquanto eu ficaria uma semana no apartamento para tirar as minhas coisas de lá. Não foi exatamente como eu queria, mas ele quis ficar com o apartamento. Justo. Afinal, foi ele quem encontrou o charmoso apartamento de três quartos no Jardim Botânico.

Pensei no que fazer até o amanhecer. Dormir não me parecia uma possibilidade.

Eu poderia acordar a minha mãe e pedir um pequeno comprimido para isso, mas achei que ela iria querer conversar e eu não sabia se me faria bem, dada a capacidade da minha mãe em ser amável e otimista quando estou fazendo o que ela acha que é melhor, mas, na verdade, tudo está ruindo.

Poderia fumar um baseado. Isso. Fazer um baseado e sair para dar uma volta na rua.

Seria perigoso àquele horário?

O relógio marcava quatro e cinquenta da manhã.

Talvez fosse melhor ficar onde estava e olhar pela janela.

Àquela hora, o Baixo Gávea já havia fechado e todos os bêbados cariocas tinham ido para casa.

Que dia era mesmo? Quarta?

Que inferno. Acabei de me imaginar solteira.

Não queria pensar sobre isso... todas as festas, bebedeiras, novos amigos de infância conhecidos há duas horas, drogas, noites sem dormir, casos confusos, ansiedade, mensagens não respondidas...

O baseado. Era isso. A janela. Ver o dia amanhecer.

Sempre adorei ver o dia amanhecendo. Eu gostava de acordar às seis horas da manhã, pegar a bicicleta e ir para a aula de ioga.

No caminho, ver o sol subindo devagar, as pessoas indo para o trabalho, alguém correndo, uma mãe com o carrinho de bebê, os ônibus passando ainda vazios, o céu ganhando o azul do resto do dia, uma pessoa chegando da noite anterior.

A vida começando junto com o dia. Eu sempre gostei dessa sensação, como se o dia fosse ser melhor porque eu amanheci com o sol.

CAPÍTULO DOIS

Eu estava sem a chave. *Merda. Não acredito que terei que tocar o interfone*, pensei. Toquei.

— Oi. Vou abrir... Você deu sorte, eu já deveria ter saído, mas atrasei.

Teoricamente, ele não deveria estar em casa quando eu chegasse, mas fiquei feliz por ele estar ali, até porque eu havia esquecido as chaves, né?

Esperei que ele abrisse a porta do apartamento. Ele abriu, e eu reparei que ainda estava de meias. Não as favoritas, aquelas de festa; não, estava com as meias de frio.

Era outono e o clima não se decidia entre a luz mais linda do mundo e o cinza dos dias chuvosos.

— Entra — ele disse. — Fica à vontade.

— Como se a casa fosse minha, né? — Fiz a pior piada do mundo, claro.

Ele riu constrangido e seguiu para a cozinha como se quisesse fugir dali, sair e esquecer que aquilo tudo estava acontecendo.

Fiquei parada na sala por um tempo, pensando por onde começar.

Aquela era a minha casa e, de repente, não era mais.

Eu não me reconhecia em nada, como se eu não pertencesse mais àquele lugar.

Moramos ali por três anos. Era um prédio pequeno de três andares, dois apartamentos por andar.

Ele descobriu o apartamento através de um amigo que acabou virando nosso vizinho de porta, o Miguel.

Agora ele estava esperando o primeiro filho, e me dava uma tristeza enorme não participar desse momento, o nascimento da Luiza.

Embaixo moravam Antônio e João.

João era um sociólogo inteligente e um pouco deprimido que tinha um humor ácido e a incrível capacidade de conversar sobre qualquer assunto.

Eu e João conversávamos longamente sobre política, e ele me atualizava dos acontecimentos, já com sua visão crítica e aguçada. Quer dizer, ele falava longamente sobre política e eu escutava.

Antônio era cineasta. Depois de morar quatro anos em Londres, voltou para o Brasil e terminou um casamento de sete anos.

Ele foi carinhosamente recebido por João, que, apesar de prezar muito por sua individualidade enquanto está namorando, não hesitou em aceitar dividir o apartamento com o amigo necessitado.

Eles já moram juntos há dois anos.

Nos dois apartamentos do térreo morava a dona Lurdes, uma senhora viúva que fazia o melhor bolo de laranja do mundo. Ela era um pouco surda.

Isso era a minha vida. Aqueles amigos, aquele prédio, aquele homem.

Andei até o quarto, olhei a cama, as roupas no armário.

Era um quarto grande, com vista para a rua, e se chegasse ao cantinho da janela, dava para ver a Lagoa.

O apartamento tinha três quartos, dois grandes e um menor, onde ficava a nossa bagunça: pranchas de surf, skate, passando pelos meus cinco tapetes de ioga e a bicicleta ergométrica, herança da minha avó, que acreditei ser uma boa ideia e agora me pego pensando o que eu faria com ela, já que jamais pedalei a coisa ou subi nela.

O segundo quarto era o nosso, tinha uma cama de casal, duas mesinhas de cabeceira e uma estante com a TV.

Um cômodo simples, mas bem decorado.

A cama era minha, e eu a levaria. Será que ele iria comprar uma cama nova? Claro que compraria uma cama nova...

O terceiro quarto era o escritório e a sala de televisão, com dois confortáveis sofás. A gente adorava receber os vizinhos ali. Todos os dias tinha gente em casa. Amigos que vinham conversar, trabalhar ou ouvir música.

Ele sempre soube o que colocar para ouvir, sempre, em qualquer ocasião. Ele sempre sabia tudo o que estava sendo lançado e sempre me apresentava coisas novas.

Como eu faria para ouvir música agora? Foi ele quem me apresentou tudo o que eu escutava. Tudo. Radiohead, The Strokes, Yo La Tengo, The National, LCD Soundsystem... Eu me sentia tão estúpida pensando essas coisas: *Quem vai ficar com a cama? Quem vai me mostrar as músicas mais descoladas?*

É isso? É para isso uma relação? Para depois ficar dividindo roupas de cama e não ter alguém para apresentar as músicas que você precisava ouvir?

Nós tínhamos uma música de casal, óbvio. "Creep" era a nossa música preferida, ou ainda é a nossa música preferida, já não sei mais.

Quando nos conhecemos, eu estava numa festa junina.

Lembro que me enfiei numa saia quadriculada azul-marinho que tinha sido da minha mãe, fiz duas marias-chiquinhas no cabelo e pequenas pintinhas nas bochechas com lápis preto.

Acho que é bem importante dizer que eu tinha acabado de sair da relação mais dura e difícil da minha vida.

(Essa história inclusive é muito incrível, talvez dê outro livro.)

Tudo bem, eu só tinha vinte anos, mas havia flagrado meu namorado saindo com outra menina de uma festa para a qual tínhamos combinado de ir juntos...

Eu tinha terminado o namoro havia um mês mais ou menos e estava em frangalhos. Arrasada, deprimida, perdida, com a autoestima no pé e o coração na mão.

Na verdade, por mim, eu ficaria sem sair de casa por pelo menos três anos, mas minha amiga Carol não permitiu e me convenceu a sair da cama depois do décimo episódio de *Sex and the City*.

Quando cheguei à festa, que acontecia numa praça – com barraquinhas, pessoas dançando, fogueira, milho e salsichão –, eu me deparei com o cara que tinha partido meu coração. O cara que eu havia flagrado saindo de uma festa e entrando num táxi com uma gata maravilhosa. O cara que havia destruído todos os meus sonhos estava na mesma festa que eu.

No meio do pânico absoluto e com a certeza de que eu gostaria de enfiar a minha cara num buraco, eu imediatamente fiquei com vontade de fazer xixi.

Eu precisava entrar num banheiro e me fechar lá dentro por toda a vida.

E foi aí, no desespero por um xixi e um esconderijo, que minha amiga Carol encontrou um velho amigo.

E, sim, aquele seria o meu namorado pelos próximos seis anos.

Ele sorriu e perguntou se eu queria ir à casa dele para usar o banheiro.

Naquele tempo, ele não usava barba e era um pouco mais sério, mas os olhos verdes já estavam lá.

Ele estava com alguns amigos que a Carol conhecia, e a casa dele ficava na esquina da rua. Então fomos todos tomar uma cerveja e usar o banheiro.

Entrei no banheiro com a Carol e gritamos juntas em silêncio. Sabe cena de filme? Quando a mocinha e a melhor amiga querem comemorar a conquista do mocinho e fingem que gritam no banheiro?

É, a gente fazia isso. Eu tinha só vinte anos, gente... não me julguem.

Ele era lindo, inteligente, charmoso, sexy.

Era tudo de que eu precisava naquele momento.

Mas é claro que eu tinha acabado de conhecer aquele ser humano que salvaria a minha vida amorosa desastrada, então não podia sair do banheiro e me declarar apaixonada. Mas tudo que eu queria era exibir um beijo bem melado na cara do meu ex, que (ficou óbvio para mim) só tinha ido àquela festa junina por minha causa.

Saí radiante e animada do banheiro e dei de cara com ele, que me ofereceu uma cerveja. Ele parecia interessado em mim, porém, mais importante do que isso, eu estava interessada nele.

Jamais imaginei que, apenas um mês depois do flagrante terrível no meu ex, eu iria me interessar por alguém.

Na verdade, eu achava que a minha vida amorosa tivesse terminado para sempre.

Porque, aos vinte anos, a gente acha que o primeiro término é o fim da nossa vida, aí depois, com o passar do tempo, a gente entende que não, que são muitos términos mesmo e a vida não acaba.

A vida só acaba quando ela realmente acaba.

Ficamos um longo tempo nos olhando na sala enquanto as pessoas abriam garrafas de cerveja e conversavam.

Eu estava um pouco tímida, me lembro. Não sabia muito o que fazer ou dizer, mas em algum lugar em mim eu sabia que era para ser, que tinha que ser.

Aquela foi a nossa primeira noite juntos.

Naquela época, a minha vida sexual se resumia a duas pessoas. Eu tinha vinte anos, mas sempre fui um pouco careta para fazer sexo com estranhos. Eu achava que sexo precisava de intimidade, de carinho, de alguma razão mais séria. Eu acho tudo isso até hoje, mas naquele dia foi diferente, eu não tive dúvidas.

Era o que eu queria fazer.

Lembro que me senti a mulher mais livre do mundo transando no primeiro encontro com um quase desconhecido. Foi uma sensação muito boa: depois da noite, do encontro, do sexo, pegar meu carro e voltar para casa. Estacionar em frente ao prédio, a luz começando a despontar no céu, e os passarinhos já cantando o começo de um novo dia.

Eu ainda morava com a minha mãe, mas foi uma sensação de liberdade e prazer que só as primeiras experiências fazem a gente sentir. Não sei se é pelo fato de tudo ser tão novo e não se ter tanta memória das coisas porque não se viveu tanto. Pelo menos era isso que eu sentia: liberdade e descoberta.

Nunca mais vou sentir o cheiro dele.

Ele andou até a porta do quarto, disse que já iria embora e chamou um táxi. Eu estava sentada, olhando alguns livros na estante.

Só existiam táxis. A gente chamava pelo telefone. Nada de aplicativos, nada de Uber, nada de nada.

A vida era feita de táxis chamados pelo telefone.

Isso já faz dez anos.

Nos olhamos e ficamos em silêncio.

Ele estava bonito com a barba por fazer e o casaco verde e azul que compramos num brechó em Amsterdã.

Eu pedi para abraçá-lo.

Ele sorriu triste e me pegou nos braços. Ficamos assim por um tempo. Apertados, um contra o peito do outro.

Senti uma saudade infinita, como se já não nos víssemos havia meses. Ele era parte de mim. Eu sentia mesmo como se fosse dessa maneira, como se ele fosse um pedaço do meu próprio corpo.

E ali me dei conta da separação. Ela se abriu no meu corpo. Um buraco negro. Não existiria mais "nós".

Eu estava ali, abraçada a ele, e essa seria a última vez que iríamos nos abraçar. Era isso. Era o fim de tudo.

Agora o nosso amor era parte da nossa história, do que nos tornamos até aquele momento. Mas o que viria?

Eu não estaria mais presente para vê-lo crescer, se tornar outro e mais outro, e isso doía.

Ele saiu do abraço.

— É difícil — ele disse.

Eu apenas chorei. Já estava quase desistindo e dizendo que podíamos tentar. *Por que foi mesmo que a gente resolveu se separar? Você lembra? Eu já nem me lembrava mais. Vamos desistir dessa estupidez. Quem teve essa ideia idiota de separação?*

Tive vontade de me jogar aos pés dele, dizer como fui estúpida e pedir perdão. Pedir perdão por tudo e beijá-lo.

Mas nada daquilo era real.

Ele seguiu até o armário e continuou fazendo a mala. Eu apenas o observava.

Aquele armário foi presente da minha mãe quando casamos. Eu combinei de levar. Olhei para as prateleiras e já via tudo vazio.

Ele me olhou.

— Você acha que será difícil tirar o armário?

— Não sei...

— Você quer que eu ligue para o marceneiro que fez?

— Não, obrigada. Eu consegui outro que vai instalar assim que tiver um apartamento novo. Tem várias pequenas coisas para fazer.

— Você está mesmo bem com a mudança? — ele perguntou.

— Acho que sim.

— Pensa bem se é isso mesmo — ele disse, com dupla intenção, imaginei. "Pensa bem se é isso mesmo."

E essa pergunta reverberava na minha cabeça a ponto de me paralisar.

Ele seguiu para o escritório.

A pequena mala de roupas estava na porta do apartamento. Ele andou até ela e abriu a porta.

— Você está bem? — eu perguntei.

— Eu vou ficar — ele respondeu.

Ficamos um tempo em silêncio, quebrado por mim em seguida.

— Você acha que a gente virou só amigo? Foi isso?

— Não — ele disse.

— Eu acho.

— Eu não, fala por você.

Tinha certo rancor, uma raiva talvez, naquela resposta. Fiquei quieta, absorvendo o golpe.

Um tempo. O táxi dele chegou. Ele pegou a mala e me olhou, talvez pela última vez daquela maneira.

— Minha princesinha... — Era como ele me chamava.

Eu comecei a chorar quase que sem som. Era como se meu peito ficasse tão apertado que era impossível emitir som; palavra alguma poderia descrever o que eu sentia naquele momento.

Talvez medo, só o medo da vida toda pela frente e do desconhecido.

Ele bateu a porta e saiu.

Fim.

Andei até o armário com a intenção de arrumar as roupas e os objetos o mais rápido possível. Eu sabia que seria doloroso demais separar o paletó dele do meu vestido, como diria Chico Buarque.

Mas, assim que entrei no quarto, me deparei com uma caixa aberta, uma dessas forradas com papel nas quais vêm embalados os presentes que ganhamos e depois guardamos para acumular coisas dentro.

Por cima da caixa havia uma foto jogada displicentemente e várias outras por debaixo. Peguei a foto na mão. Eu adorava aquela foto.

Ele quem tirou. Foi na primeira viagem que fizemos juntos. Tínhamos ido para a Bahia e havia sido uma viagem muito feliz, cheia de romance, sexo, estávamos apaixonados. A foto provava isso: eu olhava para ele com um sorriso tranquilo e feliz nos lábios, um sorriso de quem estava entregue ao momento. O chapéu dele sobre a minha cabeça e uma flor, uma flor brinco-de-princesa na orelha.

Lembro-me de ele pegar a flor, me dizer o nome e colocar delicadamente no meu lóbulo.

"A minha princesa", ele dissera. E enfim eu tinha um príncipe.

Essa flor deu origem ao nosso apelido. Ele me chamava de princesa.

Olhei para a foto por um longo momento.

Quem era eu ali, naquela imagem? Não conseguia me reconhecer.

O que eu estava pensando sobre a vida, sobre mim e sobre nós?

Era esse o motivo da nossa separação, entendi naquele momento.

Eu não podia mais olhar para ele daquele jeito, com aquele olhar tranquilo e confiante de que eu pertencia.

Eu não era mais a menina com um brinco de flor na orelha.

Eu era outra, mas quem? Eu não sabia, mas aquela da foto não era quem eu me sentia naquele momento, em pé, começando a desfazer a minha primeira casa com alguém. Porém, ao mesmo tempo, eu precisava desesperadamente dele. Ele me dava sentido, me olhava, me amava.

Aquela foto me fez desmoronar novamente. Eu não conseguia me manter de pé. Era triste demais, doído demais.

Mas eu tinha tomado aquela decisão. Não era possível voltar atrás, eu sabia que precisava seguir, não sabia como nem para onde, mas alguma coisa em mim dizia que aquela era a decisão certa, que era o que precisava ser feito.

Abri uma mala e comecei a jogar minhas coisas dentro. Vestidos, sapatos, fotos, colares. Lembranças de uma vida toda com alguém. Era melhor não pensar muito.

O caminhão da mudança viria para levar as coisas e colocar num contêiner quatro por dois em uma semana.

Era isso que eu precisava fazer. Arrumar as minhas coisas em caixas, organizar meu coração e partir.

CAPÍTULO TRÊS

O avião desceu em Goiânia.
Lembro-me da primeira e última vez que estive naquela cidade. Minha madrinha é de Goiânia e eu fui dama de honra do seu casamento. Eu devia ter dez anos, no máximo. Essa lembrança não tem a menor importância, é só a única lembrança que eu tenho de Goiânia.

Lembro-me também do vestido que eu usei no casamento. Minha avó, mãe do meu pai, sempre foi uma costureira muito talentosa e dedicada. Ela tinha feito um vestido, mas era bem simples, com uns bordados dourados e uma renda na parte da frente, como um avental estilizado.

Acabei não usando o vestido que a minha avó costurou, e sim um alugado. A mãe da minha madrinha achou que meu vestido não combinava com o casamento. Foi uma sensação de decepção e constrangimento, como se o vestido feito pela minha avó não fosse bom o suficiente.

Alugamos um bem bufante e cheio de pedraria, era um horror, mas naquela época eu o achei lindo.

Tenho essa foto em algum lugar, provavelmente em uma das caixas no depósito. Na foto, eu e a outra dama de honra estamos dançando na festa com nossos vestidos de princesa.

Estava totalmente escuro quando o avião pousou. Era praticamente noite. Cinco da manhã, talvez. Não dava para ver nada do lado de fora e senti um pouco de medo daquilo tudo. Era tão melhor ter ficado no Rio de Janeiro, quietinha, dormindo na minha cama.

Essa minha viagem tinha um motivo.

Eu estava indo fazer um filme, e esse convite pareceu uma salvação. Eu teria tempo para digerir a separação e pensar na minha vida estando longe da cidade e das pessoas que até ali eram minhas maiores referências.

Além disso, não correria o risco de esbarrar com o ex na esquina da Jardim Botânico com a Lopes Quintas.

No filme, eu interpretaria uma enfermeira que, no fim dos anos 1970, volta para a sua cidade natal por conta de um trabalho voluntário, vacinando índios contra a febre amarela.

A personagem interpretada por mim era uma pessoa bem melhor do que eu... e bem mais interessante.

Mas eu estava ali, saindo do avião, prestes a entrar neste outro universo. Eu não ia vacinar os índios, mas, sim, fingiria que estava vacinando. E esse era o meu trabalho.

Desci do avião, sonolenta, e chequei o horário do próximo voo. O meu destino não era Goiânia, e sim Palmas, no Tocantins. O horário do voo era dali a duas horas, e eu não tinha nada para fazer. Peguei minha mochila, coloquei em um banco e fiz de travesseiro, onde deitei para esperar.

Olhando as pessoas em volta, no aeroporto ainda vazio, o dia acordando laranja lá fora, pensei no Brasil.

Que país estranho era esse, o nosso. Tão grande, tão diverso, intenso, louco.

Um país enorme, cheio de diferenças sociais, geográficas, históricas entre cada região, entre cada um que habita esta terra.

Eu nunca havia estado no Norte do Brasil, por exemplo, mas imaginar todo aquele pedaço gigante de terra, com outras pessoas, outro sotaque, outra comida, outros hábitos, outra cultura... Apesar de ser o mesmo país, era tão diferente do Rio de Janeiro e tão distante.

Não sabia o que esperar do Tocantins, mas sabia que era bonita a região para onde íamos, o Jalapão.

Era um deserto, aparentemente.

Não sabia muito bem por que a produção havia decidido filmar num lugar tão afastado, mas imaginei o trabalho insano de mandar tanta gente para o Norte do Brasil.

Palmas é a capital do Tocantins, mas na verdade o que me esperava eram quatro horas de estrada até São Félix do Tocantins, onde ficaríamos hospedados, eu e toda a equipe do filme.

Adormeci no banco e tive o sonho mais louco. Eu estava em uma estrada de terra, era dia e fazia muito calor. Eu andava pela estrada, cansada, olhando para trás, como se algum carro fosse surgir. Eu suava, e o dia estava muito claro. Parecia que eu esperava alguém, que alguém deveria aparecer. Era essa a sensação.

Fui ficando um pouco desesperada com a claridade e o calor e comecei a correr. Mas eu não conseguia correr, eu não conseguia sair do lugar. E aquela sensação de calor e imobilidade me deixava sem ar e me sufocava.

Acordei suada e sem saber onde estava. Assustada, peguei o celular e vi que era a hora do embarque. Meu próximo voo decolaria em instantes. Peguei minha mochila e segui para o portão.

Ao desembarcar, um homem me esperava com uma placa na mão, na qual meu nome estava escrito em caneta vermelha.

Ele parecia ter saído de um filme da década de 1970, e essa ideia impossível me fez rir.

Os primeiros botões da camisa dele estavam abertos e eu podia ver algumas correntes de ouro penduradas no pescoço, o que dava a ele uma imagem de malandro. Ele também estava usando pulseiras de ouro e anéis. Se estivéssemos no Rio, diriam que ele era bicheiro, pelo estereótipo, ou um malandro do centro da cidade.

— Olá. Acho que você está me esperando...
— Estou, sim, você é a atriz, né? Achava que você era maior.

Ele riu, como se eu achasse graça em ser baixa.

Esse era o tipo de piada que eu odiava, mas pelo menos ele não disse: "Achava que você fosse mais bonita...".

Já era alguma coisa.

— Como você se chama? — eu quis saber.

— Renan.

Ele perguntou se eu queria ajuda com a mala e eu disse que estava bem. Aquele "mochilão" sempre me acompanhava e eu não precisava de ninguém para carregá-lo.

— Você quer comer alguma coisa? A viagem é longa.

— Acho que talvez trocar de roupa... vestir uma mais leve. Está calor, parece.

— E vai ficar ainda mais.

Fui até o banheiro, lavei o rosto e pensei que eu era realmente louca. Eu iria entrar num carro com um desconhecido, viajar por quatro horas numa estrada completamente deserta e não tinha nenhuma garantia de que aquele homem me levaria ao lugar certo.

Mas considerando que a produção disse que ele era de alta confiança e tinha muita experiência na região...

Quando voltei do banheiro, Renan já havia amarrado minhas coisas na traseira de uma caminhonete, então me acomodei no banco da frente, e ele seguiu e se sentou ao meu lado.

— Preparada?

— Não sei... acho que sim.

— Essa vai ser a maior aventura da sua vida. Você quer com ou sem emoção?

— Acho que estou legal de emoção pelos próximos dias.

E ele riu, sem entender.

Renan tinha um sotaque que eu só percebi quando comecei a conversar com ele. Não era um sotaque muito forte e acabei descobrindo que ele era de Brasília.

Ele era um homem de cinquenta e dois anos. Foi casado duas vezes e tinha quatro filhos: três meninos e uma menina, do último casamento. A filha era tudo na vida dele. Moravam juntos apenas os dois desde que a mãe dela morrera de um câncer repentino.

Aquilo fez eu me sentir tão idiota por ter pensado que o cara poderia ser perigoso. Que babaca eu fui. As pessoas são tão mais complexas do que a gente imagina. A vida é bem mais estranha do que a gente pode prever.

Já estávamos viajando havia duas horas e ele então começou a me preparar para o próximo percurso da viagem.

— Agora começa uma estrada de terra e areia que é difícil, mas não se preocupe, eu não atolo.

Ele riu, como quem sabe de tudo.

— Você deve fazer isso há muito tempo, né? — perguntei.

— Faço, sim, acho que sou guia aqui no

Jalapão há mais de dez anos. Mas antes trabalhava pilotando avião, minha paixão.

— Como assim? — Fiquei bem impressionada com a informação.

— Não avião grande, de companhia aérea. Avião pequeno, monomotor.

— Sério? Aqui?

— Não, em Serra Pelada.

Ele queria contar aquela história. Era como se fizesse parte do pacote dos serviços de guia dele. Ele falava da família, dos filhos, da esposa falecida, aí conquistava o ouvinte, depois partia para a ação.

— Serra Pelada? — perguntei, um pouco perplexa.

Ele tirou uma foto do porta-luvas.

Nela, ele aparece muito mais jovem ao lado de um pequeno avião.

— Fui tentar a vida lá quando disseram que tinha ouro. Acabei virando piloto.

— Mas como? Você era garimpeiro?

— Cheguei lá como todo mundo, queria achar uma pepita, uma gigante, ficar rico e não ter mais que trabalhar. Era jovem e cheio de sonhos malucos.

— E você encontrou? Ouro?

— Era muito no começo, não tinha como não encontrar. Aí, na segunda pepita, tive uma ideia. Pensei em investir. Percebi que havia muita gente rica querendo explorar a região, mas o acesso era muito difícil e pouca gente fazia o trajeto. Então comprei um avião pequeno, de um rapaz que estava endividado e queria se picar.

— Mas você sabia pilotar?

— Sabia um pouco. Meu pai me mandou logo cedo para a Aeronáutica, ele sonhava em ser piloto, aí lá eu aprendi, mas nunca tinha voado como voei em Serra Pelada.

— Ah, bom, então você já era piloto.

— Não daquele jeito. Em Serra Pelada não era pilotagem, era perigo de vida mesmo, todo dia. As pistas de pouso não existiam e a gente tinha que dar um jeito, pousar em qualquer lugar.

Ele pegou outra foto do porta-luvas e me entregou.

A foto de uma pista de pouso no alto de um morro, uma pista de terra, cheia de buracos e ondulações, impossível de pousar qualquer coisa ali, até uma mosca iria para outro lugar. Olhei para ele, espantada.

— Você pousava aqui?

— Aí e em todo lugar. Descia onde desse.

— Nossa, que coragem...

— Aí levei um tiro e saí dessa vida.

— Um tiro?

Não tinha como a história dele ficar mais cinematográfica.

— Mas ganhei muito dinheiro antes. Comprei casa e carro. Foi bom, mas depois do tiro parei, já ia nascer meu segundo filho...

Olhei pela janela do carona e de repente me dei conta do cerrado mais bonito do mundo.

Começava a surgir outra paisagem.

A história de Renan me levara até Serra Pelada, e eu não tinha visto o tempo passar.

A paisagem era completamente diferente, ocre, com as montanhas imensas e uma vegetação verde-escura. Uma luz dourada cobria tudo.

A terra era vermelha, o verde, o azul brilhante do céu, algumas estrelas despontando ainda tímidas no entardecer.

Aquilo tudo era lindo e eu estava lá. Todo o resto tinha ficado para trás.

Eu já não era a mesma, aquela que fez a mala, deixou o apartamento, se separou. Eu havia me transformado. Não sei exatamente em quem, mas uma nova Maria tinha surgido, conhecido Renan, visto a terra vermelha e o verde estonteante da paisagem.

Os olhos dessa nova Maria eram mais vivos.

Aquela sensação era boa, e eu me emocionei por me perceber outra, diferente.

CAPÍTULO QUATRO

M eu despertador marcava oito e meia da manhã.

Abri os olhos e vi uma pequena rã no teto, do lado direito da minha cama. Quase fiquei nervosa por tê-la no meu quarto, mas era tão pequena e inofensiva que rapidamente me esqueci dela e, num susto, lembrei-me de onde estava. Um quarto de hotel, Tocantins, Palmas, Jalapão.

Estava na cidade de São Félix e viera fazer um filme.

Não tinha mais casa, não tinha mais namorado, não tinha amigos lá. Estava totalmente sozinha.

Chorei um pouco.

Mas, depois de um tempo, comecei a refletir sobre a oportunidade daquilo tudo. Imaginei que poderia inventar qualquer coisa sobre mim, não devia nada a ninguém, não precisava corresponder a expectativas. Podia, inclusive, inventar que era a minha personagem. Eu tinha a liberdade de ser quem eu quisesse.

Levantei da cama devagar, tomando cuidado para entender toda aquela nova existência a minha volta.

O hotel era muito simples. Não existia nenhum luxo. Uma cama de casal, a mesa lateral com um pequeno abajur e um frigobar antigo. No banheiro, sem cortina ou box de vidro, um rodo era usado para secar o chão após o banho. Tinha ainda um ar-condicionado antigo e uma cômoda de madeira escura, onde pensei em guardar as minhas roupas.

Segui até o banheiro e me olhei no espelho pela primeira vez em muitos dias. Me olhei e tentei me enxergar de verdade. Quem era aquela que estava ali?

Senti uma excitação tomar conta do meu corpo, como se eu tivesse morrido e recebido uma segunda chance de experimentar a vida. E de alguma maneira era mesmo um pouco isso.

Uma nova manhã, um novo trabalho, novos amigos para fazer. Aquilo parecia bom. A liberdade de acordar e não ter que tomar nenhuma decisão sobre a minha vida, apenas sair daquele quarto e existir.

Tomei um banho rápido e coloquei as botas que eu havia comprado especialmente para a viagem, botas de caminhada ou trilha.

A produção do filme mandou uma lista com alguns itens necessários para a viagem: lanterna, botas, um casaco leve de frio, repelente, protetor solar, chapéu, algumas coisas para comer.

Eu comprei botas. Não eram bonitas, mas me davam um ar aventureiro e destemido dos filmes de exploração na mata selvagem.

Eu sou realmente muito boba.

Saí do quarto e fui até o café da manhã, onde tinha combinado de esperar o motorista que me levaria até a base de produção, na qual todos da equipe do filme estavam organizando as suas funções e preparando o começo das filmagens.

Na verdade, eu omiti um pequeno detalhe. Existia uma pessoa que eu conhecia naquela equipe: o diretor, Júlio.

Quando nos conhecemos, Júlio era um jovem diretor promissor, tinha feito dois filmes pequenos, mas com grande repercussão na mídia e na classe artística carioca.

O novo filme, o que nos trazia até ali, tinha sido um convite. Ele era o diretor contratado.

Bom, isso foi o que me contaram. Eu não tinha sido convidada por ele diretamente, e sim pelo produtor.

Nos encontramos rapidamente em São Paulo para as leituras do roteiro e um ensaio, mas eu fingi que não havia acontecido o que aconteceu.

Conheci o Júlio na abertura do festival de cinema de Toronto, no Canadá. Ele estava mostrando o seu primeiro filme, *O teu olhar*.

Eu estava sentada no bar do hotel, que era muito glamoroso e chique. E bebia um gim-tônica.

Estava especialmente bem-vestida naquela noite. Usava um vestido bicolor longo de seda, os ombros ficavam um pouco de fora e o colo era arredondado. Eu tinha feito cabelo e maquiagem no salão do hotel e me sentia linda, pronta para conquistar o mundo.

Aquela era a noite de estreia do único filme internacional que fiz até hoje, e eu era só excitação e otimismo.

Então, eu estava sentada no bar, com meu drink na mão, esperando o carro que chegaria para me levar para a *première*.

Júlio, que até aquele momento eu só conhecia de nome, sentou ao balcão um pouco distante de mim.

Eu não o reconheci, mas reparei quando ele sentou a três cadeiras de distância e pediu um uísque. Percebi pelo sotaque que era brasileiro. E fiquei pensando quem seria. Ele estava bem-vestido também, usava um terno cinza e uma camisa social branca. O cabelo castanho-escuro e cacheado.

Ele me olhou de relance e dei um pequeno sorriso. Acho que o gim-tônica já estava fazendo efeito.

— Soube que sua sessão é de gala — ele disse, de repente.

— Ah, sim. Você também está aqui por causa do festival?

— Estou.

— Você também está com um filme aqui? — perguntei.

— Sim.

Ele parecia tímido.

— Que legal — eu disse. — Como se chama?

— *O teu olhar.*

— Bonito. E você?

— Eu o quê?

— Como você se chama?

— Ah, Júlio.

— Oi, Júlio. Maria.

— Eu sei, Maria. Eu te conheço. Você é que não me conhecia...

Ele riu, um pouco constrangido, como se tivesse se arrependido do que tinha acabado de dizer, e saiu.

Eu o acompanhei com o olhar enquanto ele se distanciava. Quem era aquele cara? Engraçado ele... alguma coisa me deixou intrigada.

Mas passou rápido, logo uma mensagem apareceu no meu celular dizendo que o motorista havia chegado.

Acabei o gim e fui em direção à porta. Era a minha estreia e eu estava linda.

Aquela noite foi, talvez, uma das mais emocionantes da minha vida.

Eu tinha a minha própria limusine e estava indo para o tapete vermelho de um dos maiores festivais de cinema do mundo. E eu tinha apenas vinte e cinco anos.

A vida parecia sonho, e o sonho era muito bom.

Cheguei ao cinema de rua, lindo e antigo, onde aconteceria a exibição do filme. Havia muitas pessoas na porta do cinema e um frenesi no ar, uma excitação. Um dos produtores do filme veio me acompanhar até o tapete vermelho.

Mas, espera aí, aquilo é o tapete vermelho?

Era curto, estreito, com paradas rápidas para tirar foto. O tempo que tive para me posicionar e melhorar a postura foi tão curto que quando me sentia pronta para o *click* já era empurrada para outro ponto do tapete. Não saí bem em nenhuma das fotos que vi posteriormente...

Eu deveria ter ensaiado muito mais na frente do espelho. Aquilo não era para amadores como eu.

As atrizes eram rápidas e não se incomodavam com o *flash* que cegava os olhos. Claro que eu não era importante o suficiente nem famosa o suficiente para receber a atenção e o tempo dos fotógrafos e jornalistas, mas será que ninguém imaginava que estavam frustrando os sonhos de uma jovem atriz latino-americana? Ninguém olhou para mim.

Eu era apenas mais uma atriz estrangeira no meio de vários atores famosos internacionalmente.

O que não tirou a minha felicidade em vê-los, mas eu não tinha um amigo com quem pudesse dividir as minhas impressões.

O filme também não foi o sucesso que eu esperava naquela primeira projeção. As pessoas gostaram, mas não entraram completamente na história.

Era um filme *multiplot* – como chamam –, com várias tramas muito distantes entre si, falado em mais de quatro línguas e com muitos atores e histórias diferentes que se abriam e fechavam durante as duas horas de projeção.

Mas o que importava para mim era a experiência de estar naquele filme, naquele lugar. Viver tudo aquilo.

Para mim, o filme era lindo, sensível, emocionante.

Os aplausos após a sessão foram calorosos, mas rápidos.

Seguimos para o jantar oferecido pelos produtores. Era um restaurante chique, que havia sido fechado para a equipe e os convidados do filme. Eu estava acompanhada de outros atores, uma russa altíssima e linda, uma francesa animada e um americano chato, mas com a ironia necessária para completar o grupo.

Sentamos em uma mesa comprida no meio do salão. Eu fiquei entre o produtor francês Paul e Irina, minha companheira russa de elenco.

Na minha frente estava Brian, o ator americano, e Cloe, a francesa.

Começamos a beber champanhe – que não parava de chegar – para relaxar e conseguir criar algum tipo de intimidade entre nós durante o jantar.

A verdade era que não nos conhecíamos. Estávamos no mesmo projeto, no mesmo filme, mas nunca tínhamos nos encontrado no set de filmagem. Só fomos nos conhecer nos dias que antecederam a estreia.

Descobri, então, que aquele era o primeiro trabalho profissional de Irina e que ela jamais havia saído da Rússia. Sua mãe, uma dona de casa conservadora, achava que não existia possibilidade de a sua filha sair pelo mundo. Atriz era puta. Mas, quando recebeu o convite da agência de modelos e a mãe soube o valor do cachê, tudo mudou.

Irina tinha vinte e três anos, dois a menos do que eu, mas parecia uma debutante. Apesar do rosto perfeito e do corpo muito magro e esguio, ela usava um vestido preto de paetês com uma grande flor branca na lateral.

Ela era carismática e engraçada, mas um pouco tímida também. Ficamos amigas de imediato. Irina falava um inglês carregado com o sotaque russo que dava a ela um charme especial e sexy. Me contou que tinha aprendido sozinha a língua, vendo filmes piratas que ela baixava e não tinham legenda. Irina não queria voltar para a Rússia, havia entendido que o mundo era bem maior do que a mãe dela dizia.

Brian, o ator americano, não era exatamente bonito, mas tinha um olhar atraente, talvez um pouco misterioso.

Ele era branquelo e baixo e não falava muito. Parecia mais concentrado nos produtores do filme, e isso dava a impressão de que não tínhamos importância para ele.

Eu sabia que ele não se interessaria por nós e não gastei meu tempo com ele.

Cloe era parisiense, tinha trinta e dois anos e estava cheia de projetos. Ela circulava com muita desenvoltura por aquele ambiente. Senti um pouco de inveja da fluidez com que ela falava todas as línguas e se movimentava pelo salão, entre um cigarro e outro. Tentei me aproximar dela com cuidado, mostrando interesse, mas não muito. Cloe era muito inteligente, com seus cabelos pretos e lisos e os dentes um pouco separados, como os da Jane Birkin.

Eu a achei maravilhosa e quis conversar um pouco com ela, mas ela não demonstrou o mesmo interesse.

Os vinhos eram incríveis e não paravam de ser servidos. E os pratos começaram a chegar. Era um banquete. A essa altura, eu já estava bastante bêbada e animada.

Produtores, atores, diretores. Naquele momento, achei que a minha vida tinha dado certo, que todos os meus problemas estavam resolvidos e que eu viraria uma estrela internacional em cinco minutos, e não por cinco minutos.

E assim seguimos entre uma taça e outra, gargalhadas e conversas, até que todos decidiram ir embora!

Como assim? Aquela era a minha noite, a nossa noite, por que as pessoas iriam querer acabar com aquilo? Dormir? Para quê?

Nada, nada mesmo poderia ser tão bom.

Convenci Cloe e Irina a irem comigo para a festa dos brasileiros. Disse que haveria samba e drinks diferentes, que era uma festa promovida pela embaixada e provavelmente estaria cheia de gente e poderíamos dançar.

Irina estava radiante e topou na hora, mas Cloe, com seu jeito francês *blasé*, iria até lá dar uma olhada para decidir se ficaria ou não.

Pegamos nosso motorista e seguimos para a festa.

Irina cantava uma música pela janela e repetia que aquele era o melhor dia da sua vida. "O melhor, o melhor", ela não parava de repetir.

Olhei pela janela e vi a paisagem de Toronto.

Era tarde, a cidade estava toda acesa e a vista do Lake Ontario era impressionante.

A cidade toda voltada para o lago enorme.

Me senti tão minúscula e, ao mesmo tempo, gigante.

Eu estava ali com as minhas próprias pernas, com o meu trabalho, com tudo que tinha trazido comigo.

Senti orgulho de mim. Senti uma felicidade estranha que me emocionou.

Resolvi, então, guardar aquele momento, aquele segundo de felicidade.

Não sei se já havia sentido felicidade de verdade antes, mas naquele instante eu soube que aquilo era a felicidade e que ela iria passar. Nos próximos dois segundos ela iria passar. Mas eu tinha armazenado aquele momento em mim, no meu corpo e na minha memória. E, talvez, no futuro, eu pudesse sempre voltar para lá. Um carro atravessando uma ponte, atrizes estrangeiras, uma cidade estranha, as luzes dessa cidade, o Lake Ontario e eu.

Quem sabe um dia eu poderia descrever essa cena e contar para alguém, como estou fazendo agora, quem sabe alguém poderia ler.

Quando chegamos à festa, Irina estava desmaiada no meu colo. Tenho que confessar que eu não estava exatamente acordada. O caminho do restaurante até a embaixada foi longuíssimo, e quando chegamos já eram duas horas da manhã.

Me voltei para Cloe no banco da frente, ela estava fumando seu vigésimo oitavo cigarro da noite.

— Cloe, você está bem?

— Não — ela me respondeu. — Eu nunca estou bem.

— Ai, os franceses — eu disse.

Ela olhou para Irina dormindo no banco de trás e disse:

— Os russos... sempre bebem demais. Tive um namorado russo.

— Você vai entrar?

— Claro, esse lugar é do outro lado do planeta. E eu estou muito bêbada para dormir.

— Cloe? Posso te fazer uma pergunta?

— Fala.

— Você gostou do filme?

— Eu simplesmente não me importo, querida. É só um filme.

E assim nos despedimos. Cloe iria embora no dia seguinte e depois que entramos na festa não nos vimos mais. Acho que ela foi embora com um fotógrafo argentino que encontrou logo na entrada. Esse foi o nosso último diálogo. Naquele dia, eu a achei muito babaca, na verdade. Mas, com o passar dos anos, acho que entendi o que ela quis dizer.

Cloe não se deslumbrava, não se abalava.

Fiquei com pena dela por não se permitir ser estúpida e bêbada.

Acordei Irina com tapinhas no rosto e ela levantou, assustada.

— Você vem?

— Claro! Não perco isso por nada — ela disse em inglês com sotaque russo.

Como toda festa brasileira, havia cerveja e música e estava cheia de gente, mesmo às duas da manhã.

Os gringos já tinham partido para os seus hotéis, mas os brasileiros...

Eu e Irina fomos para a pista e começamos a dançar. Acho que estava tocando uma música bem antiga, não sei se era Vanessa da Mata ou Lulu Santos, o fato é que era uma música boa de dançar e bem pop. Começamos a soltar os braços e a cantar alto, até Irina, que não fazia ideia da letra, arriscava umas palavras em português.

E aí, no meio de tudo aquilo, eu vi, um pouco distante, sentado no bar, Júlio. Ele parecia sozinho.

Nossos olhares se cruzaram, eu ri e continuei dançando um pouco mais exibida. Vi ele pedindo um drink para o garçom, mas de repente ele saiu do meu campo de visão.

Senti um pouco de pena. Não seria mau flertar um pouco essa noite. Não sei... eu estava me sentindo solta. Talvez fosse a bebida, a excitação da noite, mas acho que era meu próprio desejo um pouco confuso.

Eram quase três da manhã e ninguém parecia sóbrio.

Na minha cabeça, paquerar um jovem diretor não abalaria a relação com meu namorado, seria só uma paquera casual, para gastar meu vestido e o restinho do champanhe. E também porque eu não aguentava mais falar inglês. Mas ele havia sumido do meu campo de visão, então comecei a pensar em ir embora. Fui andando até o banheiro, mas, quando cheguei à porta, Júlio estava saindo.

Ele riu para mim e eu ri de leve para ele e entrei no banheiro.

Na pia do banheiro, olhei para mim. Eu estava com uma cara péssima, toda borrada, e meu batom saíra havia horas, mas o cabelo continuava bom. Pensei que tinha valido o dinheiro investido no salão do hotel e as horas buscando referências com a minha mãe.

Sentada no vaso, comecei a perceber que estava realmente bêbada. Fora da pista de dança, com um pouco mais de silêncio, notei que a porta tinha ficado aberta, a minha calcinha estava até o tornozelo enquanto eu fazia xixi na embaixada brasileira às três e meia da manhã, e eu não fazia a menor ideia de como sairia dali.

É... era hora de dar a noite por encerrada e voltar para a cama do hotel.

No dia seguinte haveria uma coletiva de imprensa e eu ainda tinha que me curar da ressaca.

Gastei um tempo tentando recompor a minha cara na frente do espelho e comecei a planejar como pegaria um táxi àquela hora na frente da embaixada.

Saí do banheiro decidida a falar com Irina e seguir para o hotel, mas novamente dei de cara com Júlio. Ele estava encostado em uma parede próxima à porta do banheiro, fumando um cigarro e observando as pessoas que dançavam. Fiquei parada, olhando para ele, em dúvida se me aproximava ou não. Fui andando em direção à pista e ele me viu, então caminhei até ele.

— Como foi a sua sessão? — perguntei.

— Boa, bastante boa, eu acho. Não sei direito. Assistir a um filme pela primeira vez com o público é sempre complicado. Ainda mais fora do Brasil.

— Eu também acho. Fico em pânico sempre e me acho péssima.

— Você estava ótima — ele disse, para a minha surpresa.

— Como assim... você estava lá?

— Eu consegui sair a tempo da minha sessão. Queria ver você. Quer dizer, o filme. Você no filme — ele disse, meio atrapalhado.

— Sério? — Fiquei um pouco constrangida e sem saber o que dizer.

— Foi lindo. Você é uma atriz incrível.

Fiquei em silêncio um tempo, sem saber o que dizer, sem saber se ele achava mesmo aquilo ou se, sei lá, estava só me paquerando.

Olhei para ele e, surpreendentemente, sem pestanejar, eu o beijei. Sem pensar. Foi um impulso.

Não sei o que eu estava pensando, mas o jeito dele, a bebida, a excitação, tudo me levou àquilo.

Quando me dei conta, estávamos dentro da cabine do banheiro, desajeitados e confusos. Ele começou a beijar as minhas costas e me virei de rosto para a porta do banheiro; ele, então, beijou meu pescoço e foi descendo pelo decote do meu vestido. Fiquei arrepiada.

Eu queria aquilo tudo que estava acontecendo, mas sabia que deveria parar imediatamente antes de a culpa da manhã seguinte me atropelar. Aquilo não estava nos meus planos de flerte.

Comecei a pensar: *Se você for embora agora, está tudo bem, não é tão grave assim. Vá* embora daí! Vá embora daí! Você não pode transar com esse cara no banheiro da embaixada brasileira.

Talvez fosse tarde demais, eu já estava completamente entregue, sentindo cada beijo, cada mordida na ponta da minha orelha e cada mão por baixo do vestido, mas alguma coisa na minha cabeça sinalizava que o mais razoável seria parar. Respirei fundo e saí do transe.

— Júlio! Desculpa. Eu estou muito bêbada, preciso ir embora.

— Desculpa... – Ele ficou sem jeito. — Eu achei que você quisesse.

— Eu não sei o que eu quero, na verdade...

Ele me olhou confuso. E parecia um pouco bêbado também.

— Você quer uma carona até o hotel? Eu também estou indo para lá.

— Não, acho que é melhor eu ir encontrar a minha amiga, combinei de voltar com ela. Desculpa, acho que estou muito bêbada, eu tenho que ir.

— Obrigado pelo beijo, de qualquer forma — ele disse.

Eu saí, decidida, e me deparei com a minha imagem novamente no espelho: o que eu estava fazendo?

Depois dessa viagem, hoje em dia eu sei, meu relacionamento começou gradativamente a acabar. Não por causa do Júlio, mas pela descoberta de outro desejo, da possibilidade de me deixar fluir e sentir as coisas. Acho que foi o começo do nosso distanciamento. Além da culpa, que me deixou noites sem dormir.

Agora eu iria passar dois meses com ele filmando num lugar remoto do Brasil.

Terminei meu café com tapioca e vi o motorista chegar à porta do hotel. Levantei e segui para a base de produção.

CAPÍTULO CINCO

Eu amo set de filmagem. Tudo aquilo me fascina de uma maneira tão avassaladora que poderia morar dentro de um e nunca mais ir embora. A vida é mais fácil na ficção.

Eu adoro imaginar as pessoas trabalhando unidas por uma coisa só: um filme. Todos juntos. Arte, fotografia, direção, luz, som, produção, maquiagem, figurino, maquinaria, elétrica – todos estão fazendo um filme e isso é coisa séria, muito séria.

Eu amo chegar ao set e ver a concentração com a qual os técnicos trabalham. Não só o fotógrafo e o diretor, que têm funções chiques e muito valorizadas. Eu gosto de ver o cara que consegue construir um cenário em um lugar de difícil acesso, o cara que para uma avenida inteira, que consegue levar uma estrutura de alimentação para uma locação impossível de chegar, que monta uma estrutura surreal para que a luz possa existir ou para que uma filmagem seja feita no meio da floresta. Os técnicos do cinema. Os caras reais, que trabalham para realizar um roteiro, um plano, uma ideia. Isso sim é um profissional do cinema. Uma pessoa do cinema.

Meu pai, que é um desses caras, me levou ao primeiro set de filmagem da minha vida. Ele fazia o som do filme *Lua de cristal*, que tinha a Xuxa como grande estrela e o Sérgio Mallandro como príncipe.

Eu tinha seis anos de idade e, naquela época, vivia de sapatilhas de balé e batom vermelho.

Eu acreditava sinceramente que seria uma bailarina. Meu avô dizia que eu iria para Stuttgart para estudar balé. Obviamente eu não sabia onde era Stuttgart nem por que o meu avô falava aquilo, mas eu me achava bastante importante. Eu era uma criança muito metida e sabichona.

Meu pai conseguiu me levar rapidinho ao set de filmagem para espiar a Xuxa, claro. Lembro com tamanha riqueza de detalhes que não sei se inventei toda a cena ou se aconteceu mesmo daquele jeito, mas acho que a primeira opção é a mais razoável.

Eu vi a Xuxa e fiquei muito emocionada. Qualquer criança no final dos anos 1980 amava a Xuxa, afinal ela era a rainha dos baixinhos. Mas o que me encantou mesmo foi a câmera. Aquele troço, um olho mecânico que olhava para mim. Eu andei por todo o set, fui apresentada para as pessoas e fiquei ali, assistindo, sem ter a menor ideia de que em alguns anos eu estaria naquele mesmo lugar.

Como eu poderia imaginar que aquele seria o meu primeiro set?

Viriam outros, como este agora, e cada um seria uma experiência enorme.

Cheguei à base de produção, que é o lugar onde as pessoas que trabalham no filme (direção, fotografia, maquiagem, figurino) organizam tudo para o início das filmagens.

Fui recebida pela assistente de direção, Rita, uma japonesa, paulistana.

Já nos conhecíamos de outro trabalho, mas não éramos exatamente amigas.

Todos os assistentes de direção que conheci até hoje são estressados. Essa função é muito ingrata.

Ela era a mediação entre o diretor e todos os departamentos do filme. Além de ter que lidar com os atores e organizar a forma como o filme aconteceria. O assistente de direção precisa saber como e quando cada cena será filmada, quando cada ator precisará estar no set de filmagem e o que precisará estar no set de filmagem. Enfim, é um trabalho insano.

Rita me recebeu com um sorriso no rosto e fomos seguindo para dentro de uma casa simples, porém espaçosa e cheia de gente andando de um lado para o outro, falando nos celulares, carregando roupas e objetos. Uma energia de urgência e excitação no ar.

— Querida, como foi a viagem? Longa, né?

— Tudo certo, Rita. Eu adorei, na verdade. Estava precisando.

— Então, hoje nós teremos uma prova de figurino e, depois do almoço, o Júlio quer ensaiar um pouco com você e o Zeca.

Zeca era o ator principal do filme e eu faria par romântico com ele.

— Legal. Vamos lá. E você? Como está? Muita correria?

— Você sabe, né? Muito problema para resolver, mas a equipe é muito boa.

Rita abriu a porta de um quarto espaçoso e cheio de araras com roupas; em cima de cada arara uma etiqueta improvisada, feita de fita crepe, com o nome de cada personagem escrito.

No meio das araras apareceu Marta, a figurinista.

Marta era uma mulher linda, com cerca de quarenta e poucos anos, alta, olhos verdes, cabelo preto preso num rabo displicente. Usava brincos indígenas, uma blusa branca surrada, uma bermuda jeans e botas. Eu e Marta nunca havíamos trabalhado juntas.

— Marta, essa é a Maria, que fará a Rosa — Rita nos apresentou.

— Maria!!! Eu ouvi falar muito de você. O Júlio te adora, né?

Nesse momento, fiquei um pouco sem graça. O que será que Júlio andou falando por aí?

— Eu também adoro o Júlio — respondi.

— A sua personagem é maravilhosa, né? Então, eu separei algumas coisas para a gente começar a provar, mas essa é uma prova-teste, teremos que fazer outra prova no fim da semana.

Ela continuou falando enquanto separava peças de roupa. Uma calça, uma bermuda, blusas envelhecidas e sapatos.

O celular de Rita tocou, e ela interrompeu a conversa. Fiquei observando a expressão dela enquanto falava ao telefone. Entrei na cabine de prova e Rita veio saber se estava tudo bem.

— Maria, vou deixar vocês aí. Mais tarde a gente se encontra. O almoço é aqui perto, eu peço para alguém te levar.

Os assistentes de direção nunca acham que o ator pode se virar e conseguir se comunicar com alguém e chegar aonde ele tem que chegar. É como se ele fosse uma criança que pode se perder no caminho e atrapalhar todo o processo e a organização.

— Tranquilo, Rita. Qualquer coisa eu me viro aqui.

Rita saiu e Marta colocou a cara na cabine.

— Eu levo você até onde fica o almoço, Maria! — Ela me deu um sorrisinho e olhou a peça de roupa que eu tinha acabado de vestir. — Nossa, ficou ótima essa calça. Vamos tentar com essa blusa?

A verdade é que, o tempo todo, meus olhos procuravam Júlio. Depois de Toronto, nunca mais nos encontramos. Só nos vimos novamente em São Paulo para uma leitura formal do roteiro, na produtora, uma sala grande e cheia de gente. Praticamente não nos falamos.

Eu estava num misto de ansiedade e desconfiança.

Eu tinha me interessado por Júlio lá atrás, alguma coisa nele me perturbou, ou melhor, me intrigou.

Ele era obviamente inteligente, mas ao mesmo tempo um pouco tímido e atrapalhado.

Claro que ele não era a pessoa certa por

quem me apaixonar naquele momento, com todo o trabalho que viria pela frente. Além disso, ainda havia o choro entalado na minha garganta quando eu me lembrava de tudo que havia deixado no Rio.

Eu tinha que ter calma e lucidez.

Eu estava ali para fazer um trabalho e isso era o mais importante: fazer o meu trabalho e não ficar pensando em distrações. Pronto, era isso, nada de distrações! Trabalho, foco e algum exercício físico, porque minha bunda estava chegando no chão.

A prova de roupa foi ótima e saí de lá com o coração quente por conhecer Marta! Ela era inspiradora. Livre. Parecia destemida, uma mulher que enfrenta o mundo para estar onde quer estar. Ela parecia saber quem era. Negociava com produtores machistas que pensam saber de tudo, com diretores machistas que pensam saber de tudo e sabem muito menos do que ela, com assistentes de direção machistas que querem controlar o incontrolável e o incomensurável. Marta já tinha se tornado minha "ídola".

Ela não conseguiu se livrar do trabalho e me indicou o caminho para chegar ao restaurante. Fui andando devagar para pensar e conhecer o lugar.

Eu estava completamente desencontrada.

Não era só a minha vida afetiva que estava caótica, eu não sabia onde me encontrava. A internet não funcionava, meu celular não pegava direito, a cidade era pequena e de certa forma claustrofóbica, e eu não conhecia quase ninguém.

É claro que eu poderia fazer os passeios pelo Jalapão, mas não era para isso que eu tinha viajado doze horas. Eu tinha ido para trabalhar e precisava ficar à disposição da produção e do filme.

Resolvi procurar uma farmácia e algum sinal de celular para tentar falar com alguém, mas a verdade era que eu não tinha para quem ligar e aquilo me doeu um pouco.

Eu não tinha mais para quem voltar, para quem contar alguma coisa. Eu estava só. Essa era a verdade.

Quando cheguei ao pequeno centro de São Félix, com suas casinhas coloridas e pitorescas, achei que estava numa cidade cenográfica. Existia uma praça no meio, uma igreja e algumas casas em volta. A cidade devia ter umas quatro ou cinco ruas e meu instinto foi caminhar ao redor da praça e tentar me sentar em algum lugar, talvez beber uma água. Foi aí que eu vi uma lan house.

Eu não sei se ainda existem lan houses, mas naquela época existiam. Eram pequenos lugares com vários computadores onde se podia acessar à internet, olhar e-mails, tirar xerox, mandar fax. Uma coisa um pouco obsoleta nos dias de hoje, mas em 2010, em São Félix do Tocantins, fazia todo o sentido.

Entrei na pequena casa com vários computadores conectados e uma loucura de cabos espalhados pelo chão e pedi para usar um dos computadores. Eu não sabia bem para que, acho que gostaria de receber alguma notícia, algum e-mail com novidades de um amigo ou da vida que eu tinha deixado para trás.

E, sim, lá estava o e-mail que provavelmente eu queria receber e que tinha me levado até a *lan house*. Eu não sabia como abrir, não sabia o que iria sentir, mas estava bem na minha frente. Cliquei e li a mensagem:

> O Jalapão deve ser incrível, né? Não sei se você tem internet por aí, mas resolvi escrever.
> Vim em casa na sexta de manhã. Saí tarde do trabalho na quinta e não queria vir direto para cá.
>
> Reparei que você esqueceu algumas pequenas coisas. Deixarei guardadas por aqui. Quando

> você estiver de volta, me fala que combinamos para você pegar.
>
> Obrigado por deixar as panelas. Vou usar muito bem, você sabe que eu gosto, mas, se tiver algum problema por eu ter ficado com tudo, podemos resolver numa boa.
>
> Tudo muito estranho. Que sensação esquisita. Quarta e quinta foram dias muito diferentes, tensos, tristes, de desilusão, de realidade, de olhar para o passado e para o futuro. Muita coisa ao mesmo tempo. Mas o mais estranho é entrar aqui e ver os buracos deixados por você, os vazios representando sua ausência, o fim da nossa vida juntos. Ainda não dá para acreditar muito.
>
> Vamos sempre em frente.
>
> Bom Jalapão, bom filme. Divirta-se e arrase mais uma vez.
>
> Com amor, sempre.

Meus olhos imediatamente se encheram de lágrimas. Minha vontade era de soluçar e voltar para o quarto de hotel para passar o dia na cama, deprimida e chorando, mas eu não podia fazer isso. Tinha que me segurar. Uma saudade terrível invadiu meu peito, meu corpo inteiro. Um buraco se abriu, como os buracos que ele disse que deixei. Era o fim, e eu não sabia o que fazer a partir dali, para onde ir, o que responder, como responder. Apenas chorei. Abaixei a cabeça e chorei baixinho. Deixei aquele sentimento tomar conta de mim e resolvi sentir, sentir a dor daquela transformação que eu estava vivendo. Não era simples, mas era o que eu podia fazer: respirar e esperar. Só o tempo poderia colocar as coisas no lugar, não dava para ter pressa. Era a vida apenas. Seguir em frente, como ele mesmo disse.

CAPÍTULO SEIS

Caminhei até o lugar onde seria o almoço. Era um restaurante pequeno, em uma casa simples. As mesas estavam postas e esperavam a equipe, mas ainda não havia ninguém.

Quem me recebeu foi dona Lalá, a proprietária e cozinheira do restaurante.

— Minha filha, você é do filme? Foi a primeira a chegar! Pode sentar, senta naquele cantinho que é o mais fresco do restaurante – ela me disse, apontando para uma mesa no fundo da grande varanda.

Dona Lalá era uma mulher de uns sessenta anos, cabelos pintados de preto e amarrados num lenço colorido, era corpulenta e falava alto e com animação.

— Você é aquela da novela, né? Que fez par com o menino bonito. Como é mesmo o nome dele?

— Não sei... a senhora está falando do Zeca, que está aqui também?

— Tô falando do menino franzino que come aqui também. Magrinho ele, né? Achava que era mais alto...

Dona Lalá seguiu para o restaurante.

— Você quer uma água? Tá calor, né? Vou pegar uma água para você.

Eu estava tentando ler alguma coisa naqueles dias, algo para me distrair. O quarto não tinha TV, não era fácil entrar na internet, não havia como me comunicar realmente com ninguém e isso me deixava um pouco desesperada, por isso tinha levado vários livros na mala. Tirei o volume da mochila, não era nada de mais, era um autor de que gosto muito, Ian McEwan, acho que era um livro curto chamado *Na praia*.

E foi aí que Júlio entrou. Eu estava com a cabeça voltada para as páginas e quase não notei, mas vi pelo canto do olho uma pessoa se dirigindo ao bar do restaurante, e quando ele pediu uma cerveja, reconheci a voz. Olhei para dentro do salão que dava no bar e ele estava de costas, esperando a garrafa de cerveja que dona Lalá tinha ido buscar.

Voltei para as páginas do livro e resolvi fingir que não o tinha visto. Alguns poucos minutos se passaram. Àquela hora já estava muito quente e senti que meu corpo pedia descanso, era uma sensação estranha, minhas pálpebras começaram a falhar delicadamente. Não sei se ele demorou quinze minutos ou uma hora para voltar para a varanda, mas o fato é que eu tive uma pequena queda de pressão e adormeci. Ali, sentada na cadeira. Talvez eu tenha desmaiado, na verdade.

Acordei num susto. Júlio estava segurando a minha cabeça e falava comigo. Foi meio que uma loucura. Um sonho ou um instante surpreendente que acontece e, muitas vezes, não acreditamos, como se fosse uma cena, momentos que não são possíveis, mas que acontecem.

Nessa hora, fui percebendo outras pessoas já em volta. Rita, a assistente de direção, estava histérica e ligava para a produção, solicitando um carro, um médico ou um hospital.

Fui levantando devagar, um pouco envergonhada. Que situação. Júlio me ajudou a sentar na cadeira e dona Lalá me deu um copo de água. Fui me recompondo aos poucos.

Que vergonha. Que merda isso acontecer logo no primeiro dia. Vou ficar conhecia como a atriz histérica que desmaia. Era só nisso que eu pensava.

— Está tudo bem, gente. Eu estou bem. Acho que minha pressão caiu, só isso.

— Eu entrei e não te vi, aí quando voltei para a varanda, você estava meio que adormecida, mas achei estranho. Aí chamei todo mundo. Que susto você me deu!

Júlio parecia bem assustado mesmo. Rita veio imediatamente até mim.

— Hospital? Vamos ao pronto-socorro? Será? Temos um médico que já pedi para chamarem, mas como você está? Quero ouvir de você.

— Eu estou bem! Juro. Acho que preciso comer, e é isso.

Júlio, que estava em pé ao lado dela, apenas concordou com a cabeça, me olhando.

— Que susto, caramba — ele disse, meio sem jeito.

— Está tudo bem, Rita. Está muito calor aqui. Acho que foi por isso mesmo...

— Legal, então. Vou pedir para adiantar o seu almoço. Você podia dormir um pouco no hotel de repente, né?

— Pode ser uma boa ideia, você não acha? — Júlio disse enquanto pegava do chão o livro que eu estava lendo.

— Acho que pode ser.

Rita se adiantou para dentro do restaurante e ficamos sozinhos, sem saber o que dizer.

Ele se sentou à mesa, bem na minha frente. Olhou a capa do livro e me devolveu.

— É seu?

— É, deve ter caído.

— É bom?

— Eu gosto. É um romance.

— Eu gosto de romance. — Ele ficou sem graça com a forma que a frase soou e imediatamente disse: — Quer dizer, eu gosto de ler romance, ficção.

Eu ri, porque era inevitável, e disse:

— Posso te emprestar quando acabar.

Ficamos em silêncio um tempo.

— Você está bem mesmo? — Júlio perguntou.

— Estou. Mesmo.

— Que bom.

— Você não precisa de uma atriz desmaiando por aí, né? — falei um pouco constrangida com toda a cena.

— Não estou pensando nisso...

— Claro que está.

Ele riu e olhou novamente para o livro em cima da mesa, um pouco envergonhado.

— Foi tranquila a sua viagem? Você chegou ontem, né?

— Cheguei. Foi linda a viagem, a estrada é bem impressionante.

— É mesmo... — Ele iria completar, mas

seu celular tocou. Ele olhou a tela e me olhou de volta. Percebi o olhar dele para a tela. Ele ia colocar no silencioso, mas neste mesmo instante Zeca apareceu correndo, sem blusa e todo descabelado.

— Você está bem? Me falaram que você desmaiou!

Júlio olhou Zeca e disse que tinha que atender o telefonema.

Acho importante contar que Zeca e eu nos conhecíamos havia algum tempo. Fizéramos vários trabalhos juntos, mas não éramos exatamente amigos. Existia uma tensão no ar, na forma como nos relacionávamos; era distante e, ao mesmo tempo, íntima.

Acho que a intimidade era pelo fato de a gente já ter se beijado algumas tantas vezes em cena, e a distância, pelo meu total desinteresse por ele. Não sei explicar... Zeca já havia flertado comigo várias vezes e eu nunca senti vontade de ficar com ele. Sempre pensei que era melhor a gente ser parceiro de trabalho e não misturar as coisas... Assim como pensava sobre Júlio naquela ocasião.

Zeca era adorável, mas tinha uma coisa um pouco chata. Ele era o tipo de cara que flerta com todo mundo. Era obviamente muito vaidoso e conscientemente charmoso.

Quando nos conhecemos, no primeiro filme, pensei que ele deveria ser divertido e até nos paqueramos por dois dias, no começo das filmagens, mas aí descobri que ele tinha uma namorada. E logo depois descobri que ele tinha várias namoradas. Ele era um galã disfarçado de hippie, calça de flanela, camiseta e Havaianas.

Tivemos uma briga séria uma vez. Estávamos na sessão de fotos para o cartaz do segundo filme que fizemos juntos. Eu já tinha deixado claro, desde o primeiro filme, que não transaria com ele.

E nos demos bem em toda a filmagem, mantendo a parceria e amizade, mas cada um na sua. Ele namorou a figurinista do filme, inclusive.

Bom, na foto do cartaz, eu aparecia de biquíni e ele de calção de banho, com uma toalha no ombro. O filme se passava na praia.

Estávamos fotografando havia um bom tempo, mas o fotógrafo não parecia satisfeito. Fazíamos fotos juntos e separados, mas as fotos individuais do Zeca nunca ficavam boas e Zeca foi ficando nervoso.

Aí, do nada, ele olhou para o fotógrafo e disse:

— Não dá para se concentrar com ela assim, né? Com esse biquininho. Imagina o que eu passei no set?

A equipe era pequena, e talvez estivessem apenas o fotógrafo, o assistente e a produtora, que não saía do celular. Ninguém ouviu, só eu e o fotógrafo, obviamente.

Fiquei muda por um segundo. Foi tão machista. Tão babaca. Não consegui entender de onde tinha saído aquilo.

O fotógrafo me olhou tenso e constrangido. E aí, de repente, me brotou muita raiva e eu explodi.

— Você acha engraçado falar isso? O que você está pensando? Eu estou aqui trabalhando, cara. Vai à merda!

A produtora, que não estava participando da conversa, não entendeu nada. Olhou para o fotógrafo e para o Zeca, que estava catatônico, e foi atrás de mim, que tinha partido para o camarim como um raio.

Depois de um tempo, Zeca veio me pedir desculpas e eu briguei com ele. Disse tudo que sentia, que achava que ele se excedia no flerte, ultrapassava limites e às vezes era inconveniente.

Zeca até melhorou depois desse episódio, me disse que queria ser meu amigo de verdade e que não era tão machista assim, mas admitiu que pisava na bola e que iria melhorar. A gente tem história.

— Ei, tudo bem, Zeca!
— Como você está?
— Estou bem... Você já comeu?
— Não.
Ele se sentou ao meu lado e abriu o cardápio. Júlio continuava falando ao celular e reparei que era íntimo o telefonema, mas Zeca voltou a falar comigo e me distraí de Júlio.

— Maravilhosa sua personagem, hein? É uma mistura da Nina do Chekhov com as personagens femininas de Truffaut. Um roteiro brilhante!

— Estou animada também, Zeca — eu disse, mas estava mesmo pensando em como ele era exibido, metido e adorava se fazer de intelectual.

A verdade era que eu gostava do Zeca, gostava até demais. Naquele momento, de alguma maneira, não queria ficar muito próxima, ficava com receio de cair sem querer naquele charme infantil, a intimidade que pode nascer entre parceiros de cena e colocar tudo a perder.

Foi aí que, para minha surpresa, Léa entrou no restaurante.

Léa era a melhor atriz do mundo para mim. Ela era tudo que eu queria ser.

Quando me disseram que ela faria o filme, aceitei na hora. Claro que eu precisava de qualquer desculpa para sair do Rio e precisava do dinheiro, mas, com ela no elenco, o filme não poderia ser ruim. Esse era o tipo de atriz que ela era. Ela podia transformar o que seria apenas um trabalho qualquer em arte.

Elegante, inteligente, linda. Ela era simples e sofisticada.

Quando Léa entrou no restaurante, fiquei nervosa. Eu sinto uma coisa estranha quando estou perto dela, parece medo. Medo de dizer a coisa errada, medo de não saber alguma referência que ela diga, mas principalmente sinto medo de ela me achar uma atriz medíocre.

A gente já trabalhou juntas antes. Era uma série de TV e ela fazia a protagonista: uma mulher louca, cheia de personalidade, disputada por dois homens, mas que no final acabava sozinha, escolhendo a solidão e o amor-próprio. Era a minha heroína contemporânea.

Ela andou até a mesa, enquanto Zeca puxava a minha mão para fazer carinho e eu a tirava com jeitinho.

Léa se sentou e disse:

— Queridos, que calor! Como vamos sobreviver a isso aqui? Posso beber um pouco dessa água?

Era a minha água. Claro que ela poderia beber, eu poderia morrer de sede para ela beber aquela garrafinha de água mineral.

— Pode, sim. Claro. Aqui.

— Quando você chegou, querida? Não te vi.

— Cheguei ontem...

— Ontem? Que ótimo que você chegou. Preciso de alguém aqui nesse fim de mundo. Além da Marta, não existe uma única pessoa com quem se possa conversar e fumar um bom baseado nesta cidade. Você trouxe alguma maconha, né? Essa maconha daqui parece uma palha.

— Claro, Léa. Trouxe sim. Te dou um pouco depois.

Mas Zeca interrompeu a conversa.

— Eu tenho o melhor baseado. Veio comigo de São Paulo. Podemos fumar depois do almoço, se vocês quiserem.

— Claro, Zequinha! Quero! — disse Léa.

Léa adorava Zeca. Achava ele engraçado, espirituoso e inteligente. Eu morria de ciúmes disso, de pensar que ela o preferia a mim.

A equipe começou a chegar aos poucos no restaurante e todas as mesas foram sendo ocupadas.

Fui reparando em cada uma daquelas pessoas, como personagens que entram numa história.

Fazer um filme é sempre um universo inteiro a ser inventado. Não apenas no set, mas na vida das pessoas envolvidas, como se um novo grupo precisasse se formar para aquela história ser contada. Aquelas pessoas vão viver seus próximos segundos, horas, dias dedicados àquele universo. Ilhados ali. Sem saída.

Roberto, o maquinista; Júlia, a segunda assistente de direção; Romeu, o terceiro assistente de direção; Cláudia, a diretora de arte; Vítor, o fotógrafo; Clara, a produtora. A mistura dessas pessoas já era uma narrativa inteira de acontecimentos e relações. Sempre achei que os bastidores de um filme são mais interessantes do que o próprio filme. Sei que isso é um clichê, mas ainda assim acredito que a vida real é sempre mais interessante.

Eu gosto de conhecer as pessoas. Tenho vontade de conversar com elas, de trocar afetos e experiências, mas na verdade eu não sei se consigo estar entre elas e ser eu mesma. E o que isso significa? O que é ser eu mesma? O que somos de verdade?

Talvez a gente nunca saiba ou demore para descobrir.

Mas é uma invenção, o que somos. Desde sempre. Desde quando nascemos. Somos menina ou menino, uma construção, um enquadramento social.

Então, o que consigo ser ou inventar ser é sempre uma versão mais adorável de mim, com alguma graça e certo desespero para ser aceita. Eu não consigo dizer o que penso de verdade e isso me angustia.

Enquanto penso nisso, Léa está na minha frente falando animadamente com Roberto, o maquinista. Eles estão conversando sobre o último filme que fizeram juntos e como o diretor era excêntrico e irresponsável.

Zeca, ao meu lado, folheava o roteiro do filme.

— Você gostou do roteiro? É bom, né?

— É bom, sim. Um pouco machista, mas talvez as mulheres não tenham participado tanto desse processo.

— Você achou?

— Achei.

Nesse momento, senti uma mão pousar no meu ombro, era Júlio. Gelei um pouco por dentro, mas me contive. Era óbvio que ele mexia comigo. Que raiva.

— Melhorou?

— Ah, sim, estou ótima agora que almocei.

— Júlio — disse Zeca —, Maria achou o roteiro machista.

Zeca não podia ficar calado, né?

— Você achou?

— Bom, acho que as mulheres estão sem função. Que o papel delas no filme está muito ligado ao personagem do Zeca. Vemos pouco a relação das duas.

— Entendo — ele disse.

Um silêncio permaneceu por alguns segundos entre nós.

— Temos ensaio hoje mais tarde, né? — perguntei para mudar de assunto.

— Temos? — Zeca perguntou com um ar afetado. — Eu tinha combinado de ir ao rio para pescar... acho importante para o personagem.

— Acho que você deve ir — Júlio completou. — Eu posso ensaiar outras cenas da Maria com a Léa. Quem sabe não conversamos mais sobre a função das mulheres no filme?

Ele me olhou com o canto do olho e saiu. Fiquei pensando como teria sido se nós tivéssemos ido para o hotel juntos, em Toronto, se ele ainda me olharia assim, se teria todo esse interesse. A verdade é que eu não queria estar ali, aquilo parecia, de alguma maneira, uma farsa. Eu me sentia uma mentira entre Júlio, Zeca e Léa. Fingindo. Fingindo que não me importava com Zeca, fingindo que não ficava nervosa com Léa e fingindo que Júlio não mexia comigo. Fingindo que eu não estava totalmente carente e triste.

Caminhei devagar até a pousada, entrei no quarto e me deitei de barriga para cima. Fiquei assim um tempo, olhando o teto.

Aquele lugar era tudo que eu tinha para estar só, e parecia que estar só era tudo de que eu precisava naquele momento.

Como era difícil me relacionar com todos aqueles seres humanos. Eu não sabia o que estava fazendo ali e não sabia o que estava fazendo da minha vida.

A verdade é que eu estava completamente perdida na minha própria possibilidade de ser o que eu quisesse.

CAPÍTULO SETE

Meu corpo doía. Não sei se era alguma virose ou simplesmente a minha vontade de não me mexer e não fazer nada.

Tomei um banho rápido para tentar me reanimar, mas não existia em mim nenhuma vontade de sair daquele quarto. Comecei a achar que talvez eu estivesse realmente deprimida.

Enquanto calçava minhas botas, ouvi pequenas batidas na porta e fui abrir.

A porta era de madeira firme e as batidas soaram duras e graves.

Quando abri, me deparei com Júlio. Ele estava parado em frente à porta.

— Oi — eu disse surpresa.

— Desculpa não te avisar que eu viria, seu celular não estava completando a ligação...

— Ele não pega bem aqui no quarto.

— O sinal da cidade é muito ruim. Vim só saber como você está. Se está realmente melhor. Rita não para de me dizer que acha mais garantido te levar ao hospital e que o ensaio pode ficar para amanhã.

— Eu estou realmente bem e acho que seria importante a gente ensaiar.

— Verdade, a filmagem começa daqui a pouco e, você sabe, quando chega ao set não temos mais controle.

— Claro. Eu já estava de saída, na verdade. Vamos?

Peguei minha bolsa e fechei a porta do quarto.

Quando saímos do hotel, estava uma luz linda, amarela, a luz do fim de tarde. Júlio indicou o carro e entramos. Ficamos em silêncio até a chegada, na base de produção, e pude sentir o vento entrando pela janela aberta do carro e ver o verde brilhante das montanhas e árvores. Aquilo transmitia uma sensação de tranquilidade.

É *muito bom*, pensei.

— Você está nervoso? — perguntei. — É seu primeiro filme assim... grande.

— Não sei se estou nervoso... acho que estou mais preocupado, na verdade. Orçamento, logística, todas as pessoas envolvidas. É uma produção muito grande.

— Acho que será uma oportunidade muito legal para você, imagino.

— Sim, sem dúvida. E você? Por que aceitou fazer o filme?

— A verdade? Eu queria me afastar um pouco de tudo.

Nesse momento, ouvi a voz de Léa a distância, chamando por nós.

— O que você quer dizer com isso? — Júlio perguntou.

— Nada, apenas precisava de um tempo para mim.

Descemos do carro e ficamos parados, esperando Léa se aproximar. Léa chegou ofegante. Ela tinha ido com Zeca até a cachoeira e parecia animada.

— Vocês não sabem como é lindo este lugar!

Léa estava contra a luz dourada do sol e seus cabelos pareciam vermelhos como fogo, sua pele morena e ainda molhada do rio estava reluzente. Ela parecia uma menina, com um ar tão natural. Eu a achei ainda mais linda e me perguntei se ela tinha algum motivo para voltar para casa.

Os filhos, talvez, ou algum namorado, a família?

Ela não parecia estar preocupada com isso. Na verdade, ela parecia estar muito livre e feliz.

— Adoraria ir ao rio com você amanhã, você me mostra?

— Claro, querida, quem sabe nosso diretor não se arrisca também.

— Eu não tenho muito tempo, mas adoraria... E o Zeca, ficou no rio?

— Ficou, sim. Zequinha não quer saber de outra vida. Está se familiarizando e se entrosando.

Nos aproximamos da casa que dava lugar a nossa base de produção e entramos. Rita veio nos receber.

— Oi, Júlio! Separei uma sala para vocês. Ainda não consegui acabar de imprimir os novos roteiros, mas a produção está cuidando disso. Ah, tem café e água na cozinha, querem que eu pegue?

— Por favor, Rita. Faz isso para a gente?

Léa foi se acomodando na cadeira e tirando a canga que estava enrolada em seu pescoço.

— Maria, senta aqui ao meu lado. Me conta, como está a sua vida?

— Estou ansiosa por trabalharmos juntas.

— Eu também. Ansiosa para fazer um trabalho tão desafiador.

Ela se virou para Júlio.

— Só não entendi as mudanças do roteiro, Júlio. Esse é outro filme! Precisamos muito conversar sobre isso.

Júlio, que estava acabando de bater uma lista de prioridades com Rita, se virou.

— Claro, Léa, vamos conversar sobre tudo agora. O que você está pensando?

Léa começou a falar sobre todas as alterações que o roteiro tinha sofrido, mas minha cabeça foi para longe naquele momento.

Eu não tinha lido a última versão do roteiro. Tentei algumas vezes no avião, mas não tive a concentração necessária. A ideia era ler depois da prova de roupa, mas...

Olhei pela janela aberta, ao lado da mesa onde estávamos sentadas, e vi alguns passarinhos que comiam restos de mamão. Alguém provavelmente tinha colocado para eles. Eram três, eles eram pretos, mas quando abriam as asas dava para ver o amarelo forte que surgia na barriga, até o pescoço. Aquele pequeno corpo voando e voltando para pegar mais alimento. Eram pequenos e delicados, livres. Será? Me imaginei assim também, um corpo pequeno e delicado com um segredo embaixo das asas.

Neste momento, Léa me chamou e eu tomei um susto de leve.

— Você não acha? Temos que pensar nessas duas personagens, as únicas mulheres deste filme, com profundidade. Elas pertencem a este lugar, essa miscigenação louca que é o Brasil. E a relação das duas é fantástica, o embate das duas mulheres. E a relação da Sônia com o filho é totalmente edipiana... a sua personagem deu à luz o seu primeiro filho aqui, com a ajuda das índias da tribo.

Léa continuou animadamente:

— Acho que só isso já seria um filme, só essa cena já é de uma potência tão grande. Acho que precisamos entender quais são as motivações dessas duas mulheres. E a cena do parto não pode ser cortada, você não acha?

Léa novamente se dirigiu a mim.

Engasguei um pouco, porque eu não tinha essa informação...

— Claro que não pode, era exatamente isso que eu queria falar com você, Júlio, quando disse que o filme tinha se transformado num filme machista.

Júlio estava nervoso. Ele sabia que não era bom, o novo roteiro.

— Infelizmente a cena do parto teve que ser cortada desta versão do filme.

— Como assim, Júlio? É uma cena muito importante. É fundamental para a gente entender a personagem e o laço entre ela e o Antônio, o personagem do Zeca. — Soltei assim no ar para ver se aquele meu comentário colava, afinal eu não poderia deixar que eles percebessem que eu estava blefando.

— Concordo, Júlio. Não é uma cena que pode ser suprimida assim. As personagens femininas estão sumindo deste filme. Ah, obviamente, não existe nenhuma possibilidade de a minha personagem morrer assassinada. Ela se mata no roteiro original, Júlio. É isso que justifica toda a maluquice dela no filme.

Léa me olhou com cumplicidade.

— Eu sei, gente... Vou revisar e conversar com o roteirista para a gente entender. Vamos passar a cena do encontro delas? Acho que é uma cena que mudou pouco e podemos trabalhar. O que vocês acham?

— Tudo bem, Júlio. Mas isso é bem importante para mim, a cena da morte dela.

— Eu sei, Léa. A gente pode voltar com ela, tenho certeza.

Júlio abriu o roteiro e eu também. Fiquei olhando Léa, esperando por ela, nervosa. Enquanto ela lia as falas e procurava encontrar o tom certo, a forma, talvez até algum sotaque, uma pausa, um olhar diferente. Eu esperava a minha vez, mas parecia estranha para mim aquela sensação, a tentativa de encontrar em si mesma alguma coisa que sirva.

Era lindo ver Léa tentando fazer aquilo. A brincadeira dela de construir outra realidade.

A cena que estávamos ensaiando era o primeiro encontro das duas, na mercearia da cidade.

Rosa, minha personagem, havia acabado de chegar na cidade e Antônio, personagem de Zeca, não sabia.

Rosa e Antônio foram namorados na adolescência.

Sônia, personagem de Léa, era mãe de Antônio, personagem de Zeca. Ela sabia que o filho nunca tinha conseguido esquecer Rosa.

Sônia morria de ciúmes do filho e não estava satisfeita em encontrar Rosa de volta à cidade. Era uma cena tensa e cheia de nuances.

O FILME

Rosa, uma enfermeira de vinte e oito anos, volta para sua cidade natal depois de dez anos morando em São Paulo. Ela tem a intenção de visitar os pais, mas reencontra Antônio, um ex-namorado da juventude.

Antônio é um homem que sempre desejou ter uma vida simples e encontrou o seu caminho ajudando as tribos indígenas que restaram na região Centro-Oeste a manter as suas terras e a sua cultura.

Acabou virando um ativista respeitado, fazendo um trabalho muito importante.

Ele mantém uma relação muito forte e próxima com a mãe, Sônia.

Sônia é uma mulher abatida, triste e severa. Teve uma vida muito difícil e criou Antônio sozinha, tendo que lidar com o preconceito e a desconfiança da pequena cidade. O pai de Antônio morreu assim que Sônia deu à luz.

Ela criou a criança num ambiente machista e conservador e por isso ficou marcada por essa experiência. Ela não acredita na vida sem sacrifícios, sem dor. Nunca mais amou nem se envolveu com ninguém. Seu tempo foi todo dedicado ao filho e isso gerou uma relação um pouco abusiva e controladora entre eles.

Quando Rosa se reaproxima de Antônio e eles decidem ficar juntos, Sônia é contra a união.

Ela acha que Antônio tem que ser livre, tem que fazer aquilo que foi destinado a fazer, cuidar da luta pelas terras indígenas. Não acredita que seu filho será um homem comum, com filhos, uma esposa; ela acha que ele não pode se acomodar com uma vida convencional e cotidiana. Mas Rosa engravida e eles ficam muito felizes. No dia do parto, Antônio não está presente.

Ele tinha sido chamado às pressas alguns dias antes para intermediar a negociação entre garimpeiros e índios e não consegue voltar a tempo.

Rosa entra em trabalho de parto, e apenas Sônia pode ajudá-la.

Sônia quase deixa Rosa morrer, mas as índias da tribo próxima ajudam Rosa e ela consegue parir a criança.

O filme acaba com uma grande cena de Sônia olhando o rio passar e se entregando às águas que a levam para longe.

CAPÍTULO OITO

As alterações tinham sido sugeridas pelos produtores nas últimas semanas, e Júlio estava desconfortável.

Léa não conseguia continuar lendo as novas cenas e começou a ameaçar sair do filme.

— Não posso continuar no filme com esse roteiro, Júlio.

— Júlio, eu concordo com a Léa. Os produtores precisam entender que, da forma como está, nossas cenas não fazem sentido...

— Calma, gente. — Júlio tentou acalmar os ânimos. — Eu entendo vocês e concordo que as cenas ficaram perdidas. Vou conversar amanhã com o roteirista e a produção e falamos, pode ser?

Léa não queria saber, queria uma resposta.

— O roteiro original era muito melhor. A história de uma mãe que não consegue se separar do filho e se mata por não suportar vê-lo ir embora. Foi esse filme que eu aceitei fazer.

Júlio estava muito nervoso, mas tentava manter a calma. Léa continuou:

— Estou entendendo agora que os produtores queriam, na verdade, um filme de ação, com um herói salvando as tribos indígenas. É isso? O roteiro se transformou em um filme de ação, Júlio!

Eu e Léa não entendíamos por que o roteiro tinha se transformado tanto desde a última versão que lemos juntos em São Paulo. Léa estava cada vez mais irritada.

Júlio, preocupado com as consequências daquela conversa, explicou que o roteiro ainda estava em fase de adaptação e que as personagens obviamente não seriam prejudicadas.

— Léa, você ficará mais tranquila se eu conseguir voltar com a cena do suicídio da sua personagem e a cena do parto de Rosa? O que vocês acham?

— É o mínimo que eu espero que você faça, querido...

Léa estava brava e tinha razão de estar. Ela era uma atriz que levava seu trabalho muito a sério e aquilo era desrespeitoso com ela e comigo.

Mas, no final, Júlio estava bem enrascado. Ele tinha que responder à produção que o tinha contratado. Não era um projeto pessoal, o filme dos seus sonhos, era um trabalho e ele estava tentando fazer o melhor que podia. Ele se afastou para fazer o telefonema e Léa foi fumar um cigarro. A tensão era clara.

Olhei para ele, que tinha caminhado até a varanda da casa onde estávamos. A lua lá fora estava alta e crescente, dava para ver algumas estrelas.

Fiquei preocupada, ele estava fazendo o melhor que podia para segurar a onda de toda a equipe e fazer o trabalho dele. Era complicada a função de diretor, havia muita coisa envolvida.

Encontrei o olhar de Léa e ela veio até mim.

— Você acha que eu peguei pesado com ele?

— Acho que você estava defendendo o seu trabalho. E isso é o mais importante. Você estava defendendo o nosso trabalho, né?

— Sim...

Ela olhou para ele.

— Ele é tão bonitinho, né? — E deu uma risadinha cúmplice.

Léa era tão forte e ao mesmo tempo delicada.

Era louco perceber a falta de expectativas dela, ela não parecia acreditar no sucesso ou no fracasso, estava fazendo o seu trabalho.

Isso era uma coisa bonita, alguém que acreditava no próprio trabalho, na capacidade de criação.

Ela era perfeita para fazer Sônia. Eu não era perfeita para fazer Rosa, não poderia ser. Meu coração despedaçado me trazia muitas sensações, mas não a crença no amor, nesse amor romântico do filme.

Esses dois seres humanos que se reencontram após dez anos e se apaixonam, se identificam.

Eu não conseguia acreditar naquele tipo de amor, mas as cenas com Léa eram intensas e me davam a sensação de estar fazendo um trabalho de atriz de verdade.

Júlio veio ao nosso encontro. Ele estava mais calmo.

— Parece que Márcio, nosso produtor que está em São Paulo, chega amanhã e podemos fazer uma reunião antes do início das filmagens. Mas voltaremos com a sua última cena, Léa, como no roteiro original.

— Perfeito! — Léa se animou novamente.

— E a cena do parto? — perguntei.

— Vamos voltar também. Na verdade, ela não tinha saído completamente do roteiro, só tinha sido reduzida.

— Que bom, Júlio! — disse Léa animada.

— Então vamos fumar mais um cigarro e voltar ao ensaio.

Quando Léa saiu, cheguei um pouco mais perto dele.

— Acho que você ganhou a confiança dela.

Ele suspirou aliviado e trocamos um olhar cúmplice.

Rita entrou na sala.

— Júlio, precisamos bater umas coisas da arte com você. De quanto tempo você ainda precisa aqui com as meninas?

— A Léa está fumando um cigarro e iríamos voltar. Aconteceu alguma coisa?

— Caiu uma locação... é meio urgente.

Léa veio da varanda e decretou:

— Eu preciso de um banho desesperadamente. Tem alguém para levar a gente para a pousada?

— Claro, Léa, eu peço para o motorista levar você, mas preciso provar as barrigas cenográficas com a Maria. Você fica mais um pouco, Maria? Pode ser?

— Claro!

Fui saindo da sala e Júlio encostou delicadamente no meu ombro. Léa já estava conversando com o fotógrafo do filme, Vítor.

— Obrigado por hoje, foi muito legal.

— Eu gostei também. Era uma vontade antiga voltar a trabalhar com a Léa.

— Era uma vontade antiga trabalhar com você.

Fiquei vermelha de vergonha e sorri sem jeito.

— Eu também queria trabalhar com você fazia tempo.

Rita interrompeu o clima.

— Maria, esse aqui é o Romeu. Ele está trabalhando com a gente no departamento de direção e ele vai te levar ao figurino. Marta está te esperando.

— Oi, Romeu.

— Oi, Maria.

Romeu era um menino bem jovem, entre vinte e um e vinte e três anos. Ele era muito alto, mais alto do que o normal, bem magro, mas musculoso. Os cabelos enrolados e cortados de um jeito moderno davam um ar andrógino e interessante. Ele parecia muito empolgado com a ideia de trabalhar no filme. Era a sua primeira experiência no cinema.

— Maria, que incrível te conhecer, sou seu fã.

— Obrigada, Romeu, imagina.

Fiquei um pouco tímida.

— Você por acaso vai hoje à festinha?

— Que festinha? Não estou sabendo de nada.

— Estamos fazendo uma festinha de confraternização para brindar o começo das filmagens e todo mundo se conhecer. Vai ser num barzinho bem legal, um pouco mais tarde.

— Mas já são sete da noite e amanhã a gente tem muita coisa para fazer.

— É só uma cervejinha. Vamos? Toda a equipe está indo.

— Pode ser.

Provei a barriga de grávida e me olhei no espelho.

Que engraçada era a imagem que refletia no espelho.

Fiquei pensando se um dia seria real aquela barriga, se eu teria filhos, se ficaria grávida, se teria uma relação que me proporcionaria esta vontade de dividir uma vida com alguém, a criação de uma criança com alguém.

Tive esperança de que sim, mas a pessoa com quem imaginei e fiz esses planos para realizar isso não estava mais na minha vida. Era uma possibilidade distante.

Encontrei Zeca no caminho para o hotel e ele me chamou para comer alguma coisa. Sentamos em cadeiras improvisadas na frente de uma barraca de pastel e pedimos os sabores de queijo e carne.

— Você tinha lido a última versão do roteiro? — perguntei.

— Sim, achei muito melhor. Saiu um pouco do drama psicológico, né?

— Eu preferia antes, com a história concentrada na relação dos três e principalmente da Sônia com o filho.

— Mas agora acho que o filme abre mais caminhos, as cenas de disputa de terras podem ficar incríveis e podemos falar de um tema bem atual.

— Eu entendo...

Abandonei a conversa. Zeca não estava preocupado com o filme, e sim com o tamanho do seu personagem, que, realmente, havia crescido muito nesse novo roteiro.

— E você? — Zeca perguntou, estranhamente curioso.

— Eu o quê?

— Soube que você se separou.

— Como assim, soube?

— Ué, você sabe, essas notícias se espalham.

— Não sei, não. Eu não contei para ninguém.

— Você está bem?

— Para com isso, Zeca. Eu estou bem, sim. As pessoas se separam.

Fiquei irritada e ao mesmo tempo nervosa. Eu não queria que ninguém soubesse. Achei estranho o Zeca ter essa informação.

Aí, de repente, lembrei que disse a ele que me mudara, mas não tinha móveis, pois haviam ficado em outro apartamento. Ele deduziu, é claro. Talvez minha cara de enterro na chegada tenha ajudado. Mas o importante era que agora ele sabia, e eu não podia, na carência, cair na besteira de me jogar nos braços dele sem querer, querendo, claro. E, mais do que isso, significava que o Júlio acabaria sabendo também.

CAPÍTULO NOVE

Voltei para a pousada e resolvi ler um pouco, mas caí num cochilo profundo e acordei sem saber que horas eram. Estava escuro lá fora. *Acho que perdi a festinha da equipe. Melhor.*

Mas havia um barulho de música bem longe e eu não conseguiria pegar no sono novamente. Não custava nada sair um pouco e olhar o céu.

Afinal, por que não? Estava tudo bem. Eu fazia parte daquela equipe e seria bom para mim ver as pessoas, me entrosar, conhecer todo mundo e tomar uma cerveja.

Levantei da cama e abri a minha mala direito pela primeira vez. A chegada tinha sido tão corrida que eu nem havia desfeito a mala, o que era uma situação impossível para o meu ser humano virginiano.

Tirei algumas roupas, mas não sabia o que vestir. Eu só havia levado bermudas, camisetas, calça cargo, não me julguem! A produção mandou uma lista de sugestões do que colocar na mala.

Levei um par de Havaianas, sempre, e tinha colocado dois vestidos exatamente para esse tipo de evento. Eles não eram especialmente bonitos, mas um deles, o que não era exatamente um vestido, era um macaquinho frente única, ficaria perfeito.

Eu estava me sentindo bem pela primeira vez em muitos dias.

Estava uma noite quente, mas agradável. O vento fresco, vindo do rio, deixava a temperatura perfeita. Olhei para o céu coberto de estrelas, uma quantidade enorme, como não vemos nas cidades grandes, onde a poluição e as luzes não permitem que a gente veja o céu de verdade.

Fiquei olhando um tempo e vi uma estrela cadente. E outra e mais outra, era uma chuva delas. Impressionante. Nunca tinha sido tão banal ver uma estrela cadente. Aquilo me deixou otimista.

Dava para ouvir a música do forró cada vez mais perto, parecia bem animada a festa, e quanto mais eu me aproximava, mas ouvia o burburinho das pessoas. Mesmo de longe, vi que dançavam.

O bar era pequeno, mas aberto para a rua, com cadeiras e mesas e, na parte de dentro, o balcão com uma vitrine de bebidas e uma pequena pista de dança. Uma banda de cinco instrumentistas estava tocando. Não era exatamente forró, era mais uma mistura de brega, forró e sertanejo.

Léa dançava animadamente com Roberto, o maquinista do filme. Eu achava que eles tinham tido alguma relação no passado, porque pareciam muito íntimos. E ela estava claramente flertando com ele. Eles riam, e Roberto a guiava pela pequena pista de dança, propondo novos passos.

Romeu veio imediatamente na minha direção.

— Que bom que você veio! Achei que tivesse desistido.

— Não. Eu só dormi um pouco antes e acabei perdendo a hora.

— Senta ali com a gente!

Ele me mostrou uma mesa onde estava Júlia, a segunda assistente de direção. Reparei que, à mesa mais adiante, quase fora do bar, estavam sentados Júlio e Vítor, o diretor de fotografia.

Olhei de volta para Romeu e aceitei o seu convite.

— Claro!

— Vou pegar uma cerveja pra gente.

Sentei ao lado de Júlia, que dançava na cadeira, louca para ir para a pista.

Zeca estava na pista dançando com Marta, e várias outras pessoas se espalhavam pelo bar. Pessoas que eu conhecia de vista, com quem já havia trabalhado ou que nunca tinha visto antes, mas agora passaria a conhecer. Era uma confraternização carinhosa e me emocionei. O começo das filmagens, as pessoas se divertindo e sendo felizes fazendo os seus trabalhos, as estrelas cadentes no céu, um filme sendo feito. Achei realmente bonito e me senti feliz. Não sei se foi a cerveja.

De repente, depois de um tempo conversando com meus novos amigos, Zeca veio na minha direção e me puxou para dançar.

— Vamos dançar? Que bom que você veio.

— Zeca, acabei de chegar, um pouco de preguiça agora.

Ele ficou um pouco decepcionado, mas se virou para Júlia, que estava com os olhos brilhando.

— Vamos dançar? — Zeca perguntou para Júlia. — Você topa dançar comigo?

Júlia ficou um pouco envergonhada, mas deu um sorriso para Zeca e aceitou a mão que ele oferecia. Aquilo me lembrava um pouco os bailes da escola.

Marta sentou ao meu lado e Romeu foi pegar mais uma cerveja.

— Por que você não foi dançar com ele? Ele te adora tanto!

— Marta, eu não tenho muita paciência para o Zeca, na verdade.

Ela riu.

— Te entendo. — Ela olhou em volta. — Sabe uma pessoa que não para de falar em você?

— Como assim?

— E está olhando para você agora?

— Não.

Me fiz de desentendida, mas claro que eu sabia.

— O Júlio. Olha ali.

Júlio realmente estava olhando para a mesa e deu um sorriso. Já estava na terceira garrafa de cerveja.

Ele conversava sobre trabalho com Vítor, dava para ver que a conversa era tensa e eles rabiscavam coisas em um papel.

Imaginei que ele não deveria estar conseguindo parar de trabalhar um minuto, que a cabeça dele deveria estar completamente voltada para o filme.

Sorrimos de volta, Marta e eu. Léa veio na nossa direção e se sentou ao nosso lado. Ela estava suada e rindo.

— Estou exausta, acho que eu não dançava assim havia anos.

— Você parecia mesmo estar se divertindo — disse com certa malícia, querendo saber se minha desconfiança se confirmaria.

Léa olhou para Marta, elas eram amigas.

— Roberto é um homem muito gentil. Uma pena ser casado. Não me envolvo com homem casado de jeito nenhum.

Marta concordou com a cabeça.

— Ainda mais filmando em locação. Você se apaixona aqui, mas essa não é a vida real. Existe outra vida fora desse contexto que depois você tem que resgatar. É muito cansativo.

— Eu tô velha para isso! — Léa riu.

Romeu voltou com duas garrafas de cerveja para a mesa e ofereceu copos para Marta e Léa. Elas aceitaram e brindamos ao começo das filmagens.

Zeca e Júlia voltaram para a mesa e senti que havia um clima entre eles.

Fiquei com um pouco de ciúmes de Zeca, um ciúme quase infantil, como se ele fosse meu irmão ou algo assim. Nesse momento, começou a tocar "Danado de bom", meu forró preferido, me levantei e, num movimento inesperado, olhei para Zeca e falei animada:

— Agora eu quero dançar!

Eu já estava um pouco bêbada e com aquela moleza gostosa no corpo. A noite estava realmente deliciosa, por que não dançar?

Zeca me olhou feliz.

— Vamos, ué. — E me estendeu a mão.

Fomos para a pista e o som da sanfona dominava tudo.

Zeca dançava bem e eu não podia negar que eu também era boa no forró. Começamos a rodopiar pelo salão até que o vocalista da banda, propondo uma brincadeira, disse no microfone que tínhamos que trocar de par. Olhei para o lado e estava Roberto, rimos e ele me puxou pela mão.

Zeca puxou Rita, que estava sentada, e ela riu tímida, mas aceitou.

Roberto era bem mais alto do que eu, então eu tinha que ficar na pontinha do pé para conseguir dançar com ele.

Ele sabia muitos passos e uma hora me rodou até eu ficar tonta. Parte da equipe sentada entrou na brincadeira do troca-troca de parceiro e resolveu dançar. Até Júlio e Vítor vieram para a pista. Praticamente a festa toda dançava e cantava.

Era uma catarse coletiva.

Olhei para o lado e Zeca dançava novamente com Júlia. Agora eles estavam de olhos fechados e a cabeça bem encostada uma na outra. Achei sexy e bonito os dois dançando juntos.

Mais uma vez, ouvi o vocalista gritar "troca-troca" no microfone e, quando olhei para meu lado direito, à procura de um novo parceiro, dei de cara com Júlio. Não havia como evitar. Ele colocou a mão na testa, como quem não deveria fazer aquilo, negando brevemente com a cabeça. Eu sorri e levei na brincadeira, mas não entendi direito a reação dele. Ele pegou de forma desajeitada na minha cintura, definitivamente não sabia dançar forró.

Tentei mudar a pegada de mão e ficamos com o corpo mais perto.

O ritmo da música diminuiu um pouco e a cadência dos movimentos ficou mais lenta. A dança foi ficando melhor, mais prazerosa e fluida, e nos deixamos levar um pouco.

Nossas pernas estavam bem próximas e tocávamos os joelhos um do outro. Esse movimento foi se intensificando e nossas coxas se tocaram, se entrelaçaram. Senti um arrepio. Era bom dançar com ele. Nossos corpos foram se encaixando, naturalmente, espontaneamente, como se não tivéssemos mais controle do que se passava entre eles, como se nossos corpos não fossem mais dominados por nós.

Estávamos muito próximos, colados, era gostoso; comecei a fazer pequenos movimentos com o quadril, estava sendo maliciosa, mas, ao mesmo tempo, não os dominava exatamente, eles eram parte da dança.

Foi aí que percebi que ele estava ficando um pouco excitado. Eu não tinha certeza, mas imaginar isso também me deixou excitada.

Ele me olhou com uma cara de "por essa eu não esperava", e aí eu tive certeza.

Era óbvio que queríamos transar um com o outro, mas ele não tinha tanta prova quanto eu daquele fato.

Ele me olhou um pouco constrangido, mas eu ri e ele relaxou e sorriu também. Ficamos nos olhando um tempo e o próximo passo natural seria nos beijarmos, mas nós dois sabíamos que isso não poderia acontecer daquele jeito, na frente de toda a equipe.

Eu me senti desejada novamente e isso me deixou feliz.

É claro que eu me interessava por ele e ele por mim. Mas será?

Eu não sabia nada sobre ele, na verdade, e me pareceu imprudente começar um filme e transar com o diretor – não que eu fosse muito prudente, mas o razoável seria esperar e estar mais pronta, até porque, para que a pressa?

Continuamos dançando em silêncio por alguns segundos e então eu disse:

— Acho que vou pegar uma cerveja. Tá muito calor.

— Pode deixar, eu pego!

— Não, eu tenho uma conta no bar e prometi levar uma cerveja para a Léa.

— Ah, você não quer... não sei... tomar uma cerveja em outro lugar? – ele arriscou.

Olhei para ele e respondi com cautela:

— Acho que hoje não... — E me desvencilhei.

Ele ficou ali, me olhando partir em direção ao bar.

Achei bonitinha a forma como ele permaneceu no salão, sozinho, parado, apenas inerte, olhando para mim.

No bar, todos estavam bêbados e alegres, contando casos de filmagens passadas e pegando mais cervejas. Léa veio na minha direção, dançando, e comentou:

— Estavam tão simpáticos na pista de dança.

Eu fingi que nada tinha acontecido.

— Essa banda é muito boa. Vim pegar uma cerveja. Você quer?

— Claro, querida! Está na cara esse clima entre você e o Júlio! Eu o acho uma graça.

Fiquei um pouco sem jeito, não queria que virasse a fofoca do set já no começo do trabalho, então desconversei.

— Imagina, Léa. O Júlio é um amigo!

— Sei, sei... — Ela não comprou muito a minha desculpa.

Seguimos para o bar juntas e continuamos bebendo cerveja e conversando com Vítor, Roberto e Rita. Todos estavam bem bêbados e comecei a achar que era hora de voltar para a pousada. Eu mesma já não sabia muito bem o que estava dizendo e minhas pernas estavam perdendo um pouco o equilíbrio normal. Comecei a achar que não era privilégio dos outros o nível alcóolico e que era melhor me retirar discretamente.

Saí sem falar com ninguém e fui andando sozinha. Outras pessoas da equipe passavam por mim, me davam boa-noite e seguiam trôpegas pelas ruas de terra da cidadezinha.

Passei por uma escola pública e reparei nos desenhos das crianças feitos no muro baixo da escola e, por cima dele, vi as salas vazias com cadeiras e mesas pequeninas. Me senti fazendo mais parte daquele universo, já conseguia me mover pela cidade e tudo ia ficando cada vez mais familiar para mim.

Segui até a praça, onde me lembrava ser o lugar que eu deveria virar à direita e andar mais alguns minutos até a pousada. Estava escuro e tive medo de me perder.

A praça estava vazia, mas tinha uma luz vinda dos postes públicos, que piscavam. Percebi de longe que havia três pessoas sentadas no banco, bem no meio da pequena praça. Não conseguia ver quem eram, mas minha intuição me dizia que eram conhecidos. Não acreditava que três moradores da pequena São Félix do Tocantins estivessem acordados àquela hora. Meu celular marcava duas da manhã, e eu estava caindo de sono.

Não conseguia entender com clareza o que tinha acontecido entre mim e Júlio no bar, se havia sido real ou talvez um mal-entendido, um sonho, uma ilusão das próprias sensações e sentidos. Eu precisava dormir e entender como iria lidar com tudo aquilo sóbria.

Mas algo me atraía para os três seres humanos que riam no centro da praça e fui instintivamente levada até eles. Quanto mais me aproximava, entendia pelas formas e vozes que eram conhecidos. O primeiro que reconheci realmente foi Zeca, que estava sem camisa e abraçava alguém, parecia uma mulher. Pensei ser Léa, mas ela havia ficado no bar. Ele se aproximou dela e a beijou. Logo em seguida, o terceiro vértice do triângulo se levantou do banco e os abraçou. Era um homem alto e entendi que só poderia ser Romeu. Eles ficaram assim um tempo, abraçados, um emaranhado disforme que se atraía e repelia. Parecia uma dança, e de certa forma era. Fiquei muito curiosa e me aproximei. Vi que no meio dos dois homens estava Júlia, pequena e animada, ela beijava um e o outro, como uma adolescente que descobre pela primeira vez seu desejo e o utiliza como pode. Fiquei excitada e me aproximei na penumbra para não ser vista por eles. Queria entender até onde iriam na sua displicência juvenil. Fiquei embaixo de uma árvore observando.

Romeu e Zeca se beijaram e Júlia olhou com satisfação a cena – como se agora estivessem todos iguais na brincadeira, e não fosse apenas ela o objeto de desejo dos dois.

Eles riram e se afastaram, dançando a música que ouviam ao longe. Era leve e amoroso o clima entre eles.

Me senti mal por estar ali, espiando, como a criança que não foi chamada para a brincadeira.

Resolvi me afastar devagar, antes que me pegassem no flagra e descobrissem a minha observação clandestina. Mas eles não pareciam preocupados com nada e me senti totalmente desimportante.

Senti também certo remorso por ter sido impaciente com o Zeca – ele estava entregue, livre, beijando outro homem na praça da cidade –, talvez ele não fosse o babaca que eu imaginava e estivesse muito mais livre e disponível do que eu para viver.

Invejei isso nele e pensei que tentaria ser mais gentil no dia seguinte. Ele estava apenas tentando se relacionar. Afinal, não estávamos todos?

Então por que eu não pude beijar o Júlio? Se eu queria. Não era só sobre as pessoas verem. No fundo, eu escondia de mim mesma o real motivo.

Não me permiti em Toronto – na primeira vez que nos encontramos – e não me permiti nesse dia novamente.

O meu desejo talvez estivesse camuflado por alguma outra coisa, por culpa, medo ou o julgamento dos outros, mas talvez fosse ainda o simples medo de me entregar e me sentir vulnerável ou exposta.

Entrei no meu quarto, me masturbei e dormi. Era tudo que eu poderia fazer para não dormir tão frustrada com a minha própria covardia.

CAPÍTULO DEZ

A câmera passeava lentamente pelo rosto de Zeca. Ele estava queimado de sol e seus olhos pareciam atentos.

Nós já estávamos filmando havia duas semanas e os dias eram longos e cansativos. Começávamos às cinco horas da manhã e filmávamos até as quatro horas da tarde, embaixo do sol quente e nenhuma sombra por várias horas. A alta temperatura daquela época do ano tornava tudo ainda mais difícil e exaustivo. Não existia água suficiente para manter o corpo saciado. Não acreditávamos que estaria tão quente e com o passar dos dias só nos restava dormir quinze minutos após o almoço e tentar encontrar energia para continuar até o fim do dia.

Júlio estava focado e parecia incansável. Carregava equipamento, ajudava toda a equipe e mantinha o clima de criação ativo e rico. Naquele momento, estávamos filmando o último plano do dia e eu poderia, enfim, tomar um banho e depois, quem sabe, uma cerveja bem gelada na praça da cidade.

Depois da noite do forró, não encontramos uma maneira razoável de nos comunicar. Ele parecia estar fugindo de mim e acho que eu dele também.

Havia certo constrangimento no ar e tudo que a gente falava era sobre o filme e as cenas. Eu estava concentrada e ele também. Era isso que tínhamos ido fazer ali e estávamos fazendo, o trabalho era mais importante.

O dia posterior à festa foi uma ressaca coletiva. Ninguém tinha energia para sair, e eu praticamente só dormi e assisti a dois filmes, que tinha levado em um pen drive. Só vi Júlio no set de filmagem dois dias após a festa. Ele olhou para mim no café da manhã e me deu um bom-dia de longe. Eu sorri e desejei boa sorte pelo primeiro dia de filmagem. O resto dos nossos diálogos foram conversas sobre o filme e sempre com muita gente em volta.

Agora que já tinha passado bastante tempo da nossa primeira dança, comecei a achar que nada aconteceria. Eu não queria agir e chamá-lo para sair. Não sei, não parecia certo. E não parecia que ele agiria também. Mas será que ele nunca mais falaria sobre aquela noite? Será que iria ignorar o que tinha acontecido?

Bom, eu estava ignorando, então...

O que me incomodava, na verdade, era que eu não sabia exatamente o que eu queria.

— Corta! — Júlio gritou e levantou da cadeira.

A equipe começou a bater palmas e ele continuou:

— Fim da segunda semana, gente! Semana muito linda. Obrigado pela parceria e pelo esforço de vocês. Vamos em frente porque ainda temos muito trabalho.

Nesse momento, Rita foi até Júlio bater pendências da próxima semana e todos seguiram para as suas funções: encerrar o set, guardar equipamentos e luzes e organizar a locação.

Eu segui para a casa que usávamos de camarim com Zeca e Romeu.

— Linda cena, Zeca. Me emocionei.

Eu tinha ficado mais interessada em Zeca depois da noite da praça, voltei a ter curiosidade em relação a ele, à pessoa que ele é. Comecei a pensar que talvez eu estivesse sendo preconceituosa com Zeca desde o início. Quem sabe ele poderia ter mudado?

Zeca adorou o meu comentário e seguiu orgulhoso de si mesmo.

— Ah, para com isso, eu não te surpreendo mais. Tudo que eu faço em cena você já conhece.

— Até parece. Eu gostei de verdade da cena de hoje. Das cenas, inclusive. Parece que estamos fazendo um filme bonito.

Neste momento, ouvi uma voz gritar nossos nomes de longe, e eu e Zeca nos viramos. Era Júlio, que corria em nossa direção.

— Desculpa, não consegui falar com vocês direito depois do fim do set, queria agradecer.

Meu coração estava um pouco disparado e eu não pude disfarçar, porque meu rosto começou a ficar vermelho. Não achei que iria encontrá-lo mais nesse dia.

Zeca se adiantou e abraçou o ombro de Júlio.

— A gente estava falando sobre isso agora, Júlio.

—Verdade — completei —, a gente estava comentando como o filme está ficando bonito.

— Que bom! Fico muito feliz. Vocês têm planos para hoje? Parece que o pessoal vai tomar uma cerveja na praça.

Ele me deu uma olhada rápida, ou fui eu que achei que ele deu? Não sei. Mas gostei.

— Vocês não se animam? Estão muito cansados?

— Não, eu acho que temos que brindar! — Zeca respondeu animado e olhou para Romeu, que se arrepiou com a piscada que recebeu de Zeca, visivelmente apaixonado. Achei fofo.

Eu resolvi fazer a difícil e deixar minha participação no ar.

— Vou tomar um banho e vejo vocês mais tarde, de repente. Estou louca para tirar esse figurino.

— Claro, claro. Estaremos lá, acho que a galera da equipe vai colocar até um som — Júlio completou.

De volta ao meu quarto, na pousada que era toda a minha referência de um lar, tomei um banho demorado, lavei o cabelo, e quando terminei me senti tão cansada que nem passei o rodo no chão do banheiro – para secar a água que vazava do box sem cortina – e me joguei na cama.

Fiquei um bom tempo olhando para a parede. Só ouvia o barulho dos grilos do lado de fora da pousada, e, quando olhei pela janela, o sol estava se pondo. O céu estava rosa e azul, ficando cada vez mais escuro. Resolvi caminhar e ver um pouco o dia terminando do lado de fora.

A pousada ficava bem em frente à praça, mas naquele momento não havia ninguém.

Todos estavam provavelmente se arrumando ou dormindo um pouco, afinal o dia começava muito cedo para nós.

Sentei em um banco na lateral da praça e fiquei olhando o céu, os passarinhos voando baixinho, voltando para casa, e as cigarras cantando para se despedirem do dia. Deitei no banco e fechei os olhos, fiquei só ouvindo os sons de tudo à minha volta.

Eu já estava havia três semanas longe do Rio de Janeiro e não sentia nenhuma saudade. Principalmente, acho que não sentia saudade de quem eu era quando estava lá.

Os dias no Jalapão eram tão cheios de experiências e aprendizados.

Eu voltei a olhar a natureza, a fazer parte dela, como havia muito tempo eu não fazia.

Tomava banho no rio todos os dias depois do almoço, acordava com o nascer do sol, caminhava mais, fui criando uma intimidade com a natureza, que me surpreendia o tempo todo. Passei a ouvir os pássaros que acordavam o dia ou o colocavam para dormir. Passei a gostar de tomar banho de rio e ficar com aquela água no meu corpo o dia inteiro. Passei a não precisar de sabão ou shampoo, de não precisar de sandálias para andar pela terra batida ou pelo mato. Passei a olhar o céu e perceber se iria chover muito ou pouco.

Então, ali deitada no banco da praça, ouvindo as cigarras, eu não sentia falta da correria do mundo onde eu existia antes. Eu estava feliz, realmente feliz.

De repente, senti alguém chegando devagar por trás do banco e me levantei rápido. Não sabia quanto tempo tinha ficado ali e me senti um pouco maluca, deitada no banco da praça. Quando virei, vi que era Júlio e fiquei ainda mais em pânico. O que ele estava fazendo ali?

— Oi, desculpa, eu não sabia quem era...

— Não, tudo bem. Eu estava só vendo o dia ir embora. É tão bonito o pôr do sol aqui. Acabei deitando para relaxar.

— Entendi. Você não vai encontrar o Zeca?

— Ah, sim, eu acho que vou... um pouco mais tarde.

— Encontrei com ele no caminho... Posso sentar com você?

— Claro.

Abri espaço no banco e ele se sentou.

— Está bonito mesmo esse entardecer.

— Agora já virou noite praticamente, você tinha que ter visto antes — respondi meio sem saber o que dizer.

Ficamos em silêncio um tempo e ele se adiantou:

— Olha, você está fazendo um trabalho muito bonito.

— Obrigada, eu tô gostando muito de ser dirigida por você. Não sabia que você era diretor de atores de verdade.

Fiz uma pequena piada...

— Ah, é? Você achou que eu só me preocupava com o enquadramento, né?

— Muitos diretores são assim. Às vezes têm medo dos atores, inclusive. Mas percebi que seu olhar é diferente.

Olhei para ele de verdade e sem medo do que poderia acontecer. Como se eu estivesse pronta e desejasse que ele estivesse ali, que nós estivéssemos ali.

— Diferente, como?

— Atento, concentrado, querendo fazer as melhores cenas e respeitando o espaço da criação dos atores.

— Nossa, isso sim é um elogio.

Rimos um pouco e ficamos em silêncio.

— Tem uma coisa que eu queria fazer. Já tem um tempo — ele disse, olhando para mim, olhando mesmo.

— O quê?

Ele pegou de leve na minha mão e disse:

— Você sabe, uma coisa que deixamos mal resolvida lá em Toronto. Lembra?

— Não sei, talvez você possa me relembrar?

Ele se aproximou e tocou devagar no meu rosto, e meu corpo se arrepiou inteiro. Com delicadeza, ele beijou o canto da minha boca, depois o outro canto.

Fiquei de olhos abertos, olhando para ele. Percebendo cada toque e me entregando para as sensações que brotavam em mim. A pele dele estava bem morena de sol e ele tinha cheiro de algo desconhecido e novo. Gostei do cheiro dele, da mistura de suor e colônia.

Ele olhou nos meus olhos e eu nos dele e nos beijamos. Primeiro devagar, sentindo o que estávamos fazendo, e depois mais forte, mais intensamente.

Quando saímos do beijo, ele me disse:

— Não lembrava que era assim tão bom te beijar.

— Eu lembrava.

Ele pegou na minha mão.

— Você quer dançar comigo? Prometo que me comporto melhor dessa vez.

Eu ri e levantei do banco.

Ele me abraçou pela cintura e coloquei a mão suavemente no ombro dele com a cabeça encostando um pouco no seu peito. Ficamos assim por um bom tempo enquanto ouvíamos a música tocar ao longe e não sabíamos identificar se dançávamos no ritmo certo ou não.

Ele riu.

— Do que você está rindo? — perguntei.

— Sei lá, nada.

— Fala!

— Queria estar só com você hoje.

Fiquei um pouco vermelha. Era fofo ele me dizer aquilo. Eu gostei que ele queria estar só comigo, mas não tive coragem.

— Eu não sei, Júlio. Acho complicado nós dois não aparecermos na festa.

Eu não sabia ao certo se estava pronta para os próximos passos daquele beijo. Eu queria, sim, mas não sabia se deveria. Fiquei me sentindo meio chata.

Mas eu queria ter certeza de que era essa a decisão certa, que eu deveria transar com Júlio, mesmo estando no meio do filme e mesmo não tendo certeza de nada do que aconteceria depois do filme.

Chegamos na praça separados.

Vi Léa sentada na mesa com Vítor e Roberto e fui até ela. Léa me recebeu alegre e já um pouco alta.

— Ah, garota! Que bom que você chegou. Senta aqui com a gente. Estávamos falando da cena linda que vocês fizeram hoje.

— Você achou, Léa? — O comentário dela era tudo para mim.

— Claro, você acha que estou dizendo para te agradar? O filme vai ficar lindo! E que diretor Júlio acabou se mostrando, não é?

Não fiz nenhum comentário, afinal, agora eu era suspeita, porque estava beijando o diretor escondida por aí. Gostei daquela sensação de guardar um segredo.

— Sem dúvida, ele parece seguro do filme que está fazendo — eu disse.

Olhei para ele. Júlio estava um pouco distante e parecia entretido, conversando com as pessoas, rindo. Ele era bonito. Fiquei olhando para ele tempo demais e não consegui esconder um pequeno sorriso brotando nos meus lábios.

— Só isso? — disse Léa espertamente.

Saí do transe.

— Como assim?

— Você acha que não percebi que existe alguma coisa entre vocês dois?

— Claro que não! — eu disse, querendo, na verdade, contar tudo para ela.

— Sabe, garota, eu não acredito que devemos deixar de fazer nada que desejamos. A vida é curta para isso. Se você sente alguma coisa, deseja alguma coisa, vai lá e se entrega.

Não importa se é o momento certo. Viva, garota! Viva e sinta tudo que puder.

Aquilo era tudo que eu precisava ouvir. Existia em mim uma vontade, um desejo de correr até ele e beijá-lo e ficar perto dele, sentir seu cheiro. Que burra eu fui. Que bobagem deixar para depois, para um "momento mais propício". Quem eu queria enganar? Tudo que eu queria era passar aquela noite com ele e, quem sabe, todas as próximas noites da minha vida.

— Obrigada, Léa. Você tem razão.

Levantei e fui até a fila da cerveja onde Júlio estava esperando a sua vez.

— Ei, você por aqui? — Ele deu uma piscadinha e riu. — Vai beber o quê?

— Nada, na verdade. Vim falar com você.

Ele se aproximou e falou baixinho para mim.

— Fala. Está tudo bem? — Ele pareceu estranhar meu jeito direto.

— Eu... acho que mudei de ideia.

— Como assim? — Ele riu. — Do que você está falando?

— Eu quero ficar só com você. Quer dizer, quero fugir da festa.

— Sério? — Ele riu animado. — Vamos fazer assim, eu vou para a minha casa daqui a pouco. Digo que estou cansado e nos encontramos lá. O que você acha?

— Mas você não está morando com o Vítor?

— Ele vai demorar e provavelmente chegará tão bêbado que vai bater na cama e dormir.

— Tá... então te encontro lá daqui a pouco.

Meu coração começou a bater muito rápido, como se eu fosse uma adolescente inexperiente vivendo aquilo pela primeira vez. Eu não acreditava que estava apaixonada por ele. Júlio sorriu e ficamos na fila para pegar as nossas cervejas, fingindo que nada estava acontecendo. Permanecemos em silêncio, ele encostou de leve a mão na minha e, de uma forma imperceptível, pegou a minha mão e ficamos assim, lado a lado até a nossa vez na fila.

Levei a cerveja para Léa e disse que estava cansada e que iria dormir. Dei uma piscada para ela e saí.

CAPÍTULO ONZE

Quando cheguei na casa dele, que demorei para encontrar, ele estava sentado na varanda fumando um cigarro e me esperando. Parecia um pouco nervoso.

— Achei que você tivesse desistido.

— Eu me perdi. A cidade não tem uma iluminação boa o suficiente. Parece que as coisas trocam de lugar à noite.

Ele se levantou, veio até mim e me beijou. Como eu queria ser beijada daquele jeito por ele. Eu me sentia tão especial, tão única, tão importante.

Fiquei completamente excitada, mas me lembrei de que não fazia sexo com nenhuma outra pessoa, a não ser meu ex, havia muito tempo. Era como se fosse a minha primeira vez novamente. Como seria estar com outro homem? Eu tinha me acostumado com um corpo, um cheiro, um jeito, um encontro, e agora tudo seria completamente diferente.

É claro que isso era bom, mas, ao mesmo tempo, como qualquer coisa desconhecida, era assustador.

Era como se eu não soubesse o que fazer, como se fosse uma adolescente virgem. Foi isso que me tornei?

Respirei fundo e disse que precisava ir ao banheiro.

Me olhei no espelho e tentei me acalmar. "Respira, respira, respira", disse três vezes para mim mesma.

Saí do banheiro decidida a ser uma mulher madura. Era isso que eu era e não poderia me comportar como uma menina indefesa e boba.

Júlio estava bebendo uma cerveja ainda na varanda de casa.

— Você está bem? — ele perguntou carinhoso e me deu um copo.

— Claro. Você não quer entrar? — fiz a bem-resolvida. Queria ir direto ao assunto e acabar logo com essa "virgindade". Não podia ficar com a lembrança do ex para sempre no meu corpo e na minha memória.

Aquilo também fazia parte da minha libertação, do fim do meu casamento.

Eu precisava fazer sexo com outra pessoa.

Mas aquela não era outra pessoa qualquer, esse era o problema. Eu queria que fosse incrível com o Júlio.

Mas tentei conter a minha expectativa.

— Quero, sim. É que a noite está tão bonita. E eu não quero apressar as coisas — ele respondeu.

— Você tem razão. A noite está linda mesmo.

Aquele papinho estava me matando.

— Engraçado o que aconteceu com a gente em Toronto e agora a gente novamente aqui.

Eu não achei que ele falaria de Toronto.

— Sim, é estranho, como se tivesse que ser, né?

— Acho que agora é diferente, não? — ele disse.

— Agora é completamente diferente — respondi.

Ele me olhou e pareceu gostar do que ouviu.

Fui até ele e beijei a sua boca e o seu pescoço. Tirei o copo de cerveja da mão dele, coloquei no banco e o puxei para dentro da casa.

— Onde é o seu quarto?

Ele apontou para cima e subimos as escadas.

Acordei sozinha na cama, Júlio não estava no quarto. Levantei e comecei a me vestir depressa. Ninguém podia me ver ali, eu precisava voltar rápido para a minha pousada.

Mas por que mesmo ninguém poderia me ver ali?

Me acalmei e voltei para a cama.

Não consegui entender de onde vinha essa minha inquietação, essa sensação de que eu estava fazendo alguma coisa errada.

A noite tinha sido incrível. Eu agora era uma mulher perfeitamente livre e dona das minhas próprias decisões. Eu não tinha que explicar nada para ninguém e não existia nenhum motivo para ter qualquer constrangimento de ter passado a noite com o Júlio.

Qual era o problema de ele ser diretor do filme que eu estava fazendo, afinal? Como se atrizes nunca tivessem se envolvido com os diretores dos seus filmes.

Ele entrou no quarto e fingi que eu estava dormindo.

— Bom dia — ele falou baixinho no meu ouvido.

Abri os olhos e sorri.

— Você quer um café? Trouxe para você.

— Quero, mas o que eu quero mesmo é que você volte para a cama.

— Adoraria, mas não posso. Já está quase na hora da reunião de produção. Preciso ir, na verdade.

Fiquei decepcionada.

— Claro! Você não tem folga, né?

— Não, um saco.

Ele me beijou de leve. Sorri e dei um gole no café.

Ele me puxou e me abraçou.

— Adorei a nossa noite. Quero repetir — ele disse.

— Eu também adorei e também quero repetir!

Júlio me deu uma carona até a pousada e entrei leve, com um sorriso no rosto. Léa já estava no café da manhã.

— Bom dia, Léa!!

— Bom dia, querida. Madrugou ou não dormiu aqui?

— Léa, Léa, você está especulando demais.

— Sei, eu conheço esse risinho, essa alegria matinal.

— Não tem como esconder de você, né?

— É difícil.

— Obrigada pela conversa de ontem, Léa.

— Imagina, querida. Nós, mulheres, precisamos nos apoiar.

CAPÍTULO DOZE

Chegamos na locação às seis horas da manhã.

Era no alto de uma cachoeira com mais de trinta metros. Uma queda de água espessa, volumosa, barulhenta.

A cena do dia era o primeiro beijo da minha personagem, Rosa, com o personagem do Zeca, Antônio.

Era um beijo romântico e eu não estava acreditando naquela coincidência ridícula.

Sim, um dia depois da minha noite com Júlio, eu teria que ser dirigida por ele enquanto beijava outra pessoa.

Não era a cena dos meus sonhos.

Além disso, eu estava um pouco insegura com o nosso encontro depois da noite anterior.

Não insegura propriamente, mas apreensiva.

É claro que tinha sido um bom encontro,

um bom beijo, um bom sexo, e talvez a gente já soubesse que isso aconteceria, mas e agora? Como seria essa relação no set, no trabalho?

Decidi que seria o mais profissional possível e faria a minha cena, era isso.

Mas, quando cheguei ao set, Júlio estava simplesmente encantador. Carinhoso e sem nenhum incômodo ou constrangimento. Me beijou, na bochecha, claro, com todo o carinho e disse que eu estava linda.

Zeca já estava no platô onde deveríamos rodar a cena. Ele tem medo de altura e foi na frente, agachado e com um cinto de segurança. Eu e Júlio nos olhamos e rimos um pouco da situação com certa intimidade.

Era bom me sentir olhada com aquela cumplicidade.

Eu sentia que estava me abrindo novamente para um encontro e isso era bonito de sentir e perceber.

Enquanto andávamos para o platô, ele disse:

— Eu queria te falar uma coisa sobre a cena.

— Claro! Fala!

— Eu acho que ele está apaixonado por ela, mas não sabe.

— Mas ela sabe que está apaixonada por ele — completei.

— Exatamente! Você também entendeu a cena assim? — Ele pareceu surpreso.

— Entendi. Para mim parece que ela não tem medo. Não mais.

— Na verdade, acho que ela é mais corajosa do que ele. Ele é mais atrapalhado.

— É... talvez.

Ficamos nos olhando e não entendi se ele estava falando das personagens ou de nós. Como se estivesse usando a cena para me dizer alguma coisa.

Mas, naquele instante, eu percebi que existia algo de verdadeiro no jeito que ele me olhava. Eu me senti vista, olhada de verdade, como havia muito tempo não me sentia. Acolhida. Senti que eu era admirada.

E isso me trouxe calma, e uma felicidade estranha brotou dentro do meu peito.

Depois de beijar Zeca pela milésima vez, Júlio enfim gritou "corta!".

Zeca, desesperado, começou a gritar que precisava sair dali e vieram ajudá-lo. Ele estava muito tenso com a altura e não conseguia fazer a cena sem travar a mandíbula ou ficar duro feito um pau, a ponto de não conseguir segurar na minha cintura, e muito menos fingir que estava gostando do primeiro beijo das personagens. Por isso, ficamos mais tempo fazendo a cena do que o esperado.

Júlio veio em seguida me ajudar a chegar ao fim do platô da cachoeira, na terra firme.

— Difícil essa locação que vocês escolheram, hein? — falei leve, mas sacaneando um pouco.

— Eu sei... desculpa.

— Eu não aguentava mais beijar o Zeca!

— Eu também não aguentava mais ver você beijando o Zeca.

Corei igual a uma menina de sete anos.

Rita veio correndo nesse momento, querendo que Júlio definisse o que seria filmado na sequência. Ele olhou para mim e seguiu a assistente.

— Bom, o dever me chama.

— Vai lá. — E dei um sorrisinho.

Romeu veio até mim.

— Tenho que te falar uma coisa.

— Fala, é sobre amanhã? Eu já sei que vou filmar mais cedo.

— Não! Claro que não é sobre trabalho.

— Só você, Romeu. Sempre mais preocupado com as festas

— Óbvio!

— Fala, que festa você está inventando agora?

— É um evento nobre! Aniversário do nosso diretor!

— Sério? — Achei um pouco estranho. — Quando?

— Sábado! Perfeito, né? Véspera de folga!

Olhei de longe para Júlio. Ele não tinha dito nada, nenhuma palavra. Talvez não gostasse de aniversários.

De qualquer maneira, achei auspicioso o aniversário dele cair no meio das filmagens.

No decorrer da semana acabei entendendo que, na verdade, a festa era surpresa. Júlio não sabia de nada. Ele parecia preocupado com outras coisas, mas Rita e Romeu estavam muito entusiasmados com a comemoração, afinal seria uma das últimas celebrações do filme.

Aquelas eram as últimas duas semanas de filmagem e a pressão para encerrar o trabalho na data prevista era enorme.

Estávamos atrasados por conta das chuvas e das mudanças repentinas no plano de filmagem, mas, se tudo corresse como planejado, eu acabaria minha participação na próxima semana.

Tinha apenas mais três dias de filmagem e eu já estava em pânico com a ideia de voltar para o Rio de Janeiro, encontrar um lugar para morar, tirar os móveis do guarda-móveis e morar sozinha pela primeira vez na vida.

Depois da noite que eu e Júlio passamos juntos, não tivemos mais espaço para conversar direito. A correria era enorme e os dias de trabalho, muito longos e cansativos. É claro que trocávamos olhares e ficávamos próximos. Às vezes nos tocávamos sem querer e todo aquele clima era delicioso. Eu até gostava de não ser algo explícito.

Mas, ao mesmo tempo, parecia que a gente tentava evitar um próximo encontro. Ele sempre dizia que precisava continuar trabalhando ou que tinha uma reunião após o set. Eu sempre estava cansada demais para propor alguma coisa. O engraçado era que eu nunca perguntava nada, mas ele fazia questão de explicar.

Porém, naquele dia foi diferente.

Estávamos no quinto dia da semana de trabalho e todos pareciam exaustos. Era visível o cansaço da equipe, todos muito esgotados, magros, abatidos.

Mas a festa era no dia seguinte e depois teríamos dois dias seguidos de folga. Um alívio para recarregar as energias e voltar para a última semana de trabalho.

Nesse dia, quando acabou o set, fui direto para o camarim me trocar e tirar a poeira que estava morando nos meus olhos, e Júlio apareceu, de repente.

— Oi! Desculpa a correria hoje. Precisamos ganhar tempo.

— Eu sei, não tem problema, acho que já estamos afinados e o set está mais ágil, né?

— Sim, com certeza. Eu... a gente não conseguiu se ver direito e queria saber se você quer jantar hoje.

Ele parecia sem jeito e um pouco tímido. Achei fofo e, ao mesmo tempo, distante.

— Quero, quero, sim. Mas você não está muito cansado?

— É que amanhã é meu aniversário e sei que estão preparando uma festa surpresa.

— Você sabe?

— Sei, mas não conta para ninguém. Eu vou fazer de tudo para fingir que estou surpreso.

— Talvez eu possa te dar algumas dicas para você fazer bem essa cena.

— Seria ótimo! — Ele riu. — E então, você pode jantar hoje? É que eu queria comemorar com você. Tenho até uma garrafa de vinho branco.

Fui até ele e o beijei. Me sentia mesmo apaixonada novamente.

— Claro que sim. Te encontro lá. Vou só passar na pousada e tomar banho.

CAPÍTULO TREZE

Meu quarto na pousada era uma zona sem fim e eu já não tinha o que vestir, mas consegui encontrar um vestido amarelo que não havia usado ainda e que parecia bom para a ocasião.

Resolvi também dar para ele o livro que estava lendo no dia que cheguei ao Jalapão, o dia do desmaio no bar.

Na praia conta a história da noite de núpcias de um jovem casal. Edward e Florence se casam no começo dos anos 1960 e ainda são tradicionais e reprimidos. Aquela única noite define o futuro deles e muda completamente as suas perspectivas.

Lembrei-me de que ele tinha dito que não conhecia o livro e achei que seria um bom presente.

Tinha conseguido um pedaço de papel de presente com a diretora de arte e feito um embrulho simples. Peguei o presente e já estava me preparando para sair quando achei que deveria escrever alguma coisa.

Um bilhete, um cartão de parabéns.

Arranquei a página de um caderninho de anotações e escrevi:

"Para Júlio, que me olhou além da imagem e me ajudou a encontrar um caminho".

Era sobre trabalho, mas também era sobre o encontro que tínhamos tido. Fiquei na dúvida se pareceria apaixonada demais, mas considerei que o mais importante era ser verdadeira com os meus sentimentos.

Caminhei pelas ruas de São Félix já com saudade daquele vento quente e das pessoas sentadas nos bancos da praça, jogando carteado ou tomando uma cerveja no quiosque. Aquela vida de interior tinha me salvado, me mostrado outra perspectiva e outro caminho.

A luz da casa de Júlio estava acesa e, quando me aproximei, ele saiu de lá com pressa. Ele parecia tenso.

Eu sorri.

— Aonde você vai com essa pressa toda?

— Oi... então, eu estava indo procurar você.

— Aconteceu alguma coisa?

— Não sei como te dizer isso... — ele começou.

Seus olhos pareciam realmente assustados, e seu nervosismo era visível.

— O que foi, Júlio? Fala! Aconteceu alguma coisa grave? Com o filme?

Ele me puxou pelo braço e foi me afastando da casa.

Naquele momento, eu sabia que havia alguma coisa muito errada.

— Eu não sei como dizer, mas... me desculpa?

— Que foi, Júlio? Desculpa pelo quê?

— É bem complicado... eu deveria... eu...

E foi aí que eu a vi. Uma mulher alta e bonita saiu da casa e gritou:

— Júlio, consegue um abridor de vinho também?

Ele se virou em silêncio.

Ela me viu e acenou com um sorriso.

— Oi! Eu sou a Ângela.

Eu apenas acenei de volta, perplexa.

CAPÍTULO CATORZE

No mês que se seguiu a minha tentativa de retornar para a vida real, eu senti muito medo.

Medo das pessoas, dos encontros, do que seria a minha vida com a volta.

Eu não podia ser aquela que esperavam. Já não era.

É claro que a mudança tinha algo de divertido: escolher uma casa só para mim, voltar a ter um lugar. Mas eu não conseguia encontrar beleza em nada, na verdade.

O apartamento que aluguei era pequeno, apenas um quarto e sala, mas bem legal.

Ficava na Gávea e tinha um pequeno jardim de inverno onde eu poderia colocar plantas e temperos.

Não era caro e tinha lugar para todos os meus antigos móveis.

Encontrar foi fácil. Uma amiga estava se mudando para São Paulo e não queria alugar o apartamento para um desconhecido.

A mudança aconteceu duas semanas depois da minha chegada.

Era bom ter um lugar, mas eu não me sentia pertencendo a nada. Era impossível abrir as caixas e ter forças para redescobrir tudo o que eu havia embalado e deixado meio de lado; de que havia fugido talvez.

Depois de tudo que tinha acontecido, eu simplesmente não conseguia me mexer.

Eu não sentia raiva ou rancor, mas uma tristeza fina, pontuda, bem no fundo, como calafrios.

Era um vazio enorme.

Naquela noite, a minha perplexidade ficou tão óbvia.

Eu olhei para Júlio, os olhos esbugalhados, a boca meio aberta. Eu não esperava.

Ele tentou se explicar, disse que haviam terminado antes do filme, que ela era uma história antiga, que tinham voltado a se falar por mensagem, por causa do aniversário dele, mas ele não imaginava que ela pegaria um avião e faria aquela surpresa.

Não tive vontade de xingá-lo ou de bater nele, nem tive vontade de chorar.

A minha sensação foi de congelamento, talvez eu tenha ficado anestesiada. Eu simplesmente não consegui reagir.

Apenas disse:

— Aqui. É para você. — Entreguei o presente que havia embrulhado para ele, me virei e segui.

Ele ficou olhando para mim com o livro nas mãos.

Quando voltei ao quarto da pousada, arrumei todas as minhas coisas e tentei organizar a minha cabeça.

De repente, eu fiquei prática.

Eu iria embora em poucos dias.

Reli o roteiro, refiz a cronologia da personagem, estudei as cenas que faltavam.

Não chorei. Não me joguei na cama nem achei que a vida era horrível.

Eu só pensava: *Preciso sair daqui. Preciso voltar para casa. Mas que casa?* Lembro-me de sentar na cama da pousada, olhar para aquele quarto que eu tinha transformado em lar e só pensar que eu precisava voltar.

Eu tinha terminado um casamento e começado o "namoro" com Júlio. Isso me ajudava, eu estava me sentindo sexy, olhada, desejada, mas e aí?

Eu era apaixonada por ele de verdade?

Voltei para o set nos dias que se seguiram, filmei normal e profissionalmente. Não fui à festa de aniversário. Não fui às confraternizações, claro.

Júlio tentou conversar.

No primeiro dia que nos reencontramos, ele veio até mim e disse que era importante falarmos.

Mas eu não conseguia. Fui completamente fria e apenas disse que não havia nada a ser dito.

Eu não queria ouvir nem dizer nada.

Foi como se alguma coisa tivesse rompido em mim.

Agora, lembrando de tudo, não sei como eu consegui.

Acho que a ficha não tinha caído ainda.

Eu continuava olhando as caixas empilhadas na sala da minha nova casa.

Eu precisava reviver tudo que tinha deixado para trás, mas não era fácil.

Abri uma garrafa de vinho que tinha trazido do supermercado mais cedo e bebi um pouco.

Nada fazia efeito.

Resolvi ir ao cinema. Sozinha. Nunca tinha feito isso.

Liguei meu computador e comecei a procurar horários e filmes possíveis. Não encontrava nenhum filme interessante, mas continuei procurando. Eu precisava tirar a minha cabeça da minha vida, ver outra história, me desligar da minha própria angústia.

Mas, de repente, surgiu um e-mail na tela, e Júlio Santana era o remetente. Fiquei um tempo olhando para o e-mail na caixa de entrada. Eu poderia apagar e nem dar a chance para aquele conteúdo se instalar na minha cabeça, mas não consegui. Cliquei e abri.

> Oi. Imagino que você não queira falar comigo e compreendo. Desculpa invadir seu espaço.
> Só queria dizer que sinto muito.
> Que estou muito triste e decepcionado comigo.
> E quero agradecer pelo livro.
> Sabe, você também me olhou e me ajudou a encontrar outro caminho.
> Desculpa mais uma vez, eu não queria que as coisas tivessem acontecido daquele jeito.
>
> Júlio

Em algum lugar em mim eu gostei de receber o e-mail, mas, ao mesmo tempo, o que ele queria com aquilo? E, principalmente, o que eu faria com aquilo?

Peguei minha bolsa, olhei rapidamente os cinemas mais próximos de mim e saí. Segui a pé pela rua. Rápida. Quase correndo. Eu queria fugir.

A última coisa que eu esperava naquela sexta-feira à noite era que Júlio me mandasse um e-mail.

No cinema, todas as sessões estavam lotadas.

Tomei um café e fiquei observando as pessoas.

Não havia muito o que fazer. Voltei à bilheteria e perguntei qual seria a próxima sessão. Seria às 21h.

Eu não queria esperar.

A ideia de ir ao cinema sozinha era libertadora, mas eu não queria esperar, queria andar, queria ver alguma coisa que tirasse aquela angústia que achatava o meu peito.

Eu precisava não pensar, descansar a mente e tentar me entender.

Tudo tinha acontecido tão rápido. A volta para o Rio, o apartamento novo.

O fato de eu não conseguir abrir as caixas era resultado disso? Mas tinha alguma outra coisa...

Parecia que eu não sabia o que fazer com a minha miserável existência.

Mas por quê?

Eu estava sozinha. Era isso? E qual o problema?

Será que eu não podia ficar sozinha?

Tinha que ter um namorado? Um romance? Um casinho? A minha vida havia se resumido a isso?

Comecei a me achar tão idiota!

Quando saí do cinema, não sei por que, senti o peito apertado, uma vontade de chorar. Quis voltar rápido para casa. Resolvi pegar um táxi. Saí andando e não conseguia encontrar um táxi vazio.

A minha cabeça não parava de pensar: *Será que fiz as melhores escolhas? Será que deveria ter terminado meu relacionamento? Será que deveria ter começado o romance com Júlio? E quando o encontrei com a ex-namorada, por que não briguei? Deveria ter batido nele? Ou ter ouvido o que ele tinha a dizer, pelo menos? Por que eu não reagi?*

De repente, vi um táxi ao longe e corri até ele. Mas percebi que ainda estavam desembarcando e freei o passo. Era um casal. Fui andando devagar e, quando olhei melhor, percebi que parecia uma pessoa conhecida.

Era mais uma sensação de reconhecimento do que realmente a fisionomia.

Estava escuro e não o identifiquei a princípio. Mas então...

Demorei a acreditar.

Será mesmo possível? Me aproximei mais um pouco e, sim, era ele.

Era o homem que eu tinha deixado para trás, para seguir com a minha vida e ir para o Jalapão filmar.

Era a pessoa com quem eu mais tive intimidade na vida, e agora ela parecia tão longe, impossível de tocar, de sentir. Um estranho.

Ele saiu do táxi e vi que estava acompanhado de uma mulher que sorriu e o beijou antes de entrar no restaurante. Eles não me viram.

E, como uma faca no meu peito, o tempo parou.

Ali, na minha frente, a vida mostrando que segue seu rumo, o tempo não para.

Eu tinha terminado aquele casamento fazia oito meses.

Ele não queria, mas eu fui embora. Agora ele era feliz com outra pessoa. Eu poderia de alguma maneira ser aquela mulher saindo do táxi? Não, eu escolhi não ser.

Na verdade, no momento da separação o

meu desejo de seguir sozinha era mais forte. Mas por quê?

Encontrei outro táxi e voltei para casa arrasada.

CAPÍTULO QUINZE

A vida. Ela não é nada em si. Ela é o que a gente faz dela, o que a gente consegue sentir, pensar e viver.

O que a gente escolhe todo dia.

Eu estou aqui agora, sozinha. Sozinha.

Da janela do meu novo apartamento, consigo ver a lua grande e cheia que desponta. Estou sentada numa cadeira que um dia dividi com alguém, em outro apartamento, em outro lugar.

As caixas ainda estão espalhadas e fechadas.

Mais uma vez a dissolução e reconstrução das coisas como tentativa de encontrar quem eu sou. Acho que é isso. Encontrar quem eu sou. Mas quem eu sou? O que eu quero? Essas são perguntas difíceis.

Olho em volta.

De repente, uma vontade de abrir as caixas começa a surgir. Uma curiosidade para saber o que tem dentro de cada uma delas e o que eu posso encontrar e, quem sabe, me surpreender me leva a começar a abrir as caixas uma a uma.

Reencontro roupas que me fazem sorrir e me lembram de outros tempos, outras cenas da vida. Uma bota que usei numa viagem, livros que li e de que gostei, o vestido com o qual sempre passo o *réveillon* – sim, eu repito a roupa do *réveillon* –, canetas, cadernos antigos com anotações de compromissos que já se foram. Blusas, calças de ginástica gastas, tênis, salto alto e, de repente, uma foto.

A mesma foto que eu havia achado quando encaixotei tudo no meu antigo apartamento com ele, Pedro.

Até agora não tinha dito o nome dele.

Não sei, mas acho que era difícil dizer e talvez agora não seja mais.

Pedro.

Eu estava olhando para ele nesta foto. Estávamos na Bahia, viajando, ao fundo uma cachoeira e eu estava com uma flor na orelha, como um brinco, pendurada no meu lóbulo. A flor se chama brinco-de-princesa.

Olho a foto e penso: *Eu, quando era princesa.*

Uma sensação engraçada me toma.

Não sei bem por que, mas me reconheci novamente.

Todo aquele desencontro que eu senti na primeira vez que peguei a foto nas mãos agora não fazia sentido.

Era como se eu tivesse me encontrando comigo mesma. *Que estranho*, pensei.

Eu na foto parecia olhar para mim agora, não mais para Pedro.

Parece que, de alguma forma, o meu "eu" antigo tinha encontrado o meu "eu" novo.

E uma está olhando para a outra.

Parece loucura, eu sei, mas é essa a sensação que tenho. Como se a Maria mais menina, a da foto, me olhasse de um jeito que quer dizer para a Maria mais velha: "Tá tudo bem. Você não precisa que alguém te olhe para você existir. Você pode ficar sozinha. Nenhum homem te define. Nada te define".

Choro com essa ideia, com esse reencontro. Pego novamente a garrafa de vinho que ainda está pela metade e tomo mais um gole.

Fico com vontade de dizer para a Maria mais nova: "Eu sinto muito medo".

Medo do desconhecido, das possibilidades, medo de me perder. Medo de ficar sozinha.

Eu, de alguma forma, acho, sim, que preciso do olhar de alguém para fazer sentido. Para existir.

Acho que foi assim a vida toda. Talvez até por isso eu seja atriz.

Mas a Maria mais nova, a da foto, olha para mim e diz que não. Que ela só existe na foto, porque a Maria mais velha pegou a foto, colocou numa caixa e foi pensar sobre a vida.

E que esse reencontro só existe porque a Maria mais velha voltou para a Maria da foto.

De um jeito estranho, eu começo a entender um monte de coisas. Olhando a minha foto, eu volto a me perceber e, quem sabe, a me entender.

Acho que não tem nada que me faça existir a não ser eu mesma e as minhas escolhas. Parece simples, mas não é.

Porém, agora eu sei que essas Marias existem em mim. E só eu posso olhar para elas, e só elas me fazem existir.

E me lembram, todo dia, do meu próprio caminho.

No fim, percebo que talvez seja isso: encontrar o que realmente me faz feliz. O que eu sou, como uma sensação de aproximação com aquilo que é quase o meu essencial, com alguma coisa que eu não posso deixar de ser. E essa é a busca mais radical de todos nós.

Aproximar-nos de algo que só sentimos que somos, mas não sabemos, não temos certeza.

Como se o nosso corpo fosse atrás de uma vontade maior do que conseguimos compreender.

Como se nós tivéssemos algoritmos do bem que nos guiam.

Como se o nosso corpo buscasse de uma forma louca e intuitiva quem somos e isso determinasse as nossas escolhas, e fôssemos, no decorrer da vida, nos aproximando de quem realmente somos.

E as nossas escolhas são apenas fruto desse encontro, entre quem somos e quem vamos nos tornar a seguir.

Por isso eu tinha terminado o casamento com Pedro, por isso eu tinha decidido não falar mais com Júlio.

Era a escolha do meu amor por mim mesma que iria sempre me guiar.

Me levar até o amor, que agora entendo que existe. Esse amor que é a infinita busca pela descoberta de quem eu sou e a aceitação disso.

E isso é muito. Muito mesmo.

E eu não me sinto mais só.

Tiro muitas fotos das caixas. Minha mãe grávida. Eu, ainda bebê, com meu pai, tomando banho. Eu com cinco anos, indo para a escola com sapatilhas de balé. Começo a colar as fotos nas paredes da casa nova.

Minhas fotos, todas as pessoas que eu fui e que me ajudaram a ser quem eu sou.

E o apartamento novo vai tomando forma e a madrugada começa a ficar fria.

Pego um casaco que não usava havia muito tempo e o coloco.

Sinto saudade dele, sinto a sua maciez.

Calço meias e o tempo passa, o céu vai ficando mais claro, e aos poucos eu consigo ver o Cristo Redentor lá longe.

Um novo dia começa a nascer.

Olho de volta para a sala, tanta coisa para descobrir.

Eu também começo a nascer.

FIM

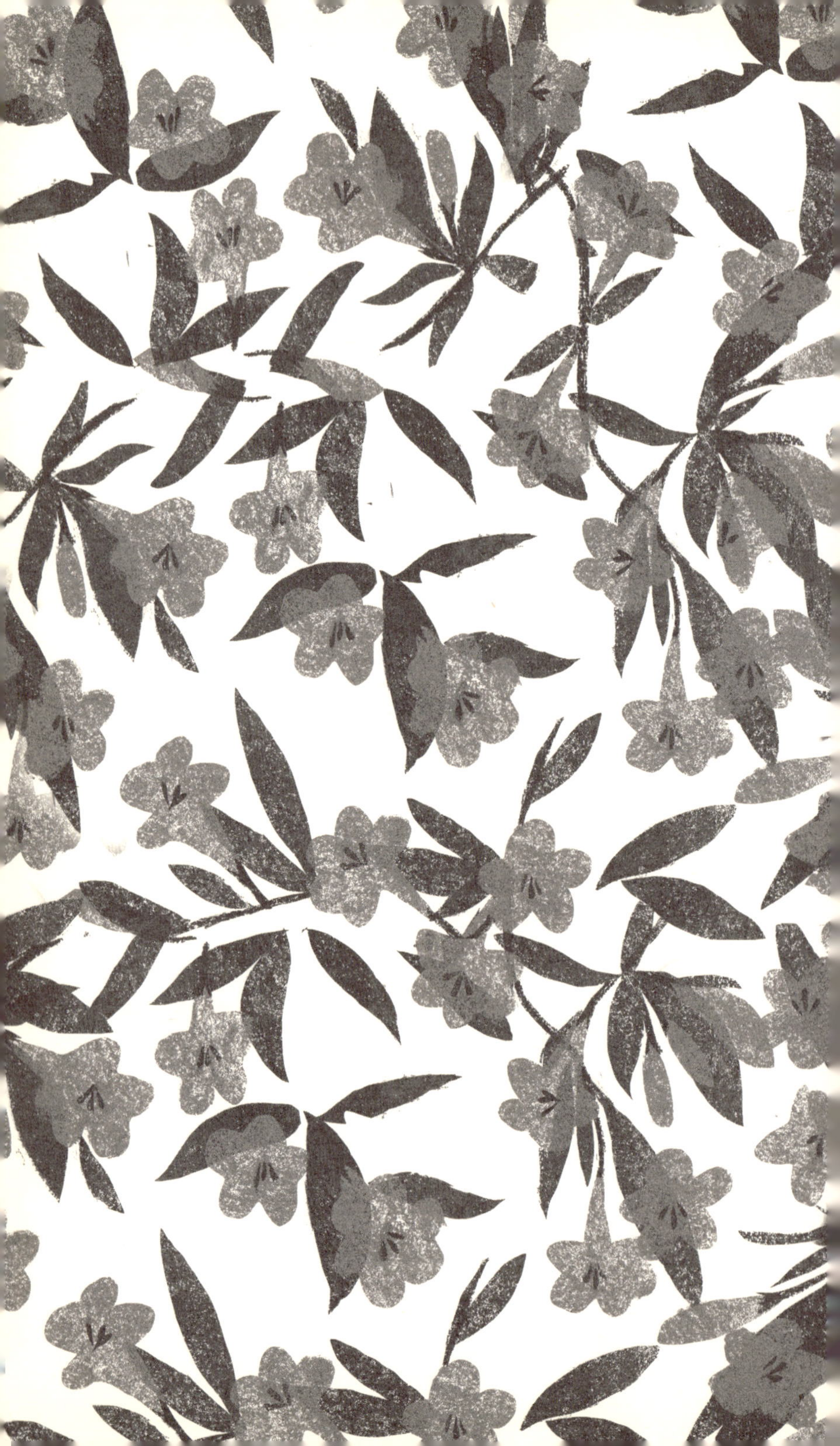

AGRADECIMENTOS

Quero agradecer a todos os atores e atrizes que passaram pelo meu caminho e que dividiram comigo essa estranha e tênue linha entre ficção e realidade.

Aos meus pais, que me apresentaram ao mundo do cinema, da atuação e da escrita.

Quero agradecer especialmente à minha mãe por sempre acreditar que eu sou "a melhor bailarina do mundo" e me dar força e incentivo para seguir.

Ao Felipe Brandão, editor carinhoso e sensível, que me deu tempo, espaço e liberdade para escrever.

Ao meu parceiro de vida, Emanuel Aragão, pela leitura atenciosa e por todas as ideias compartilhadas.

Meu agradecimento mais que especial a todas as pessoas que leram este livro. Obrigada por pegarem ele nas mãos, levarem ele para casa, cuidarem dele.

E se você está lendo estas palavras agora, eu espero que o amor descoberto neste livro sirva para você encontrar o seu próprio amor.

Obrigada pelo caminho percorrido até aqui.

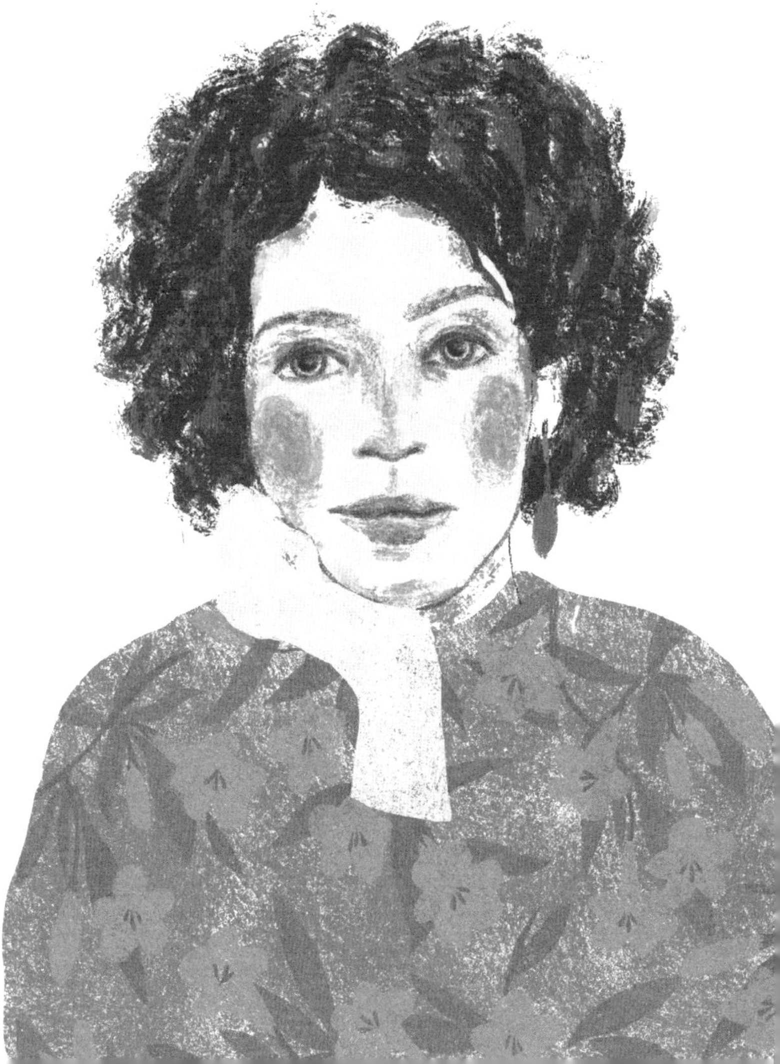

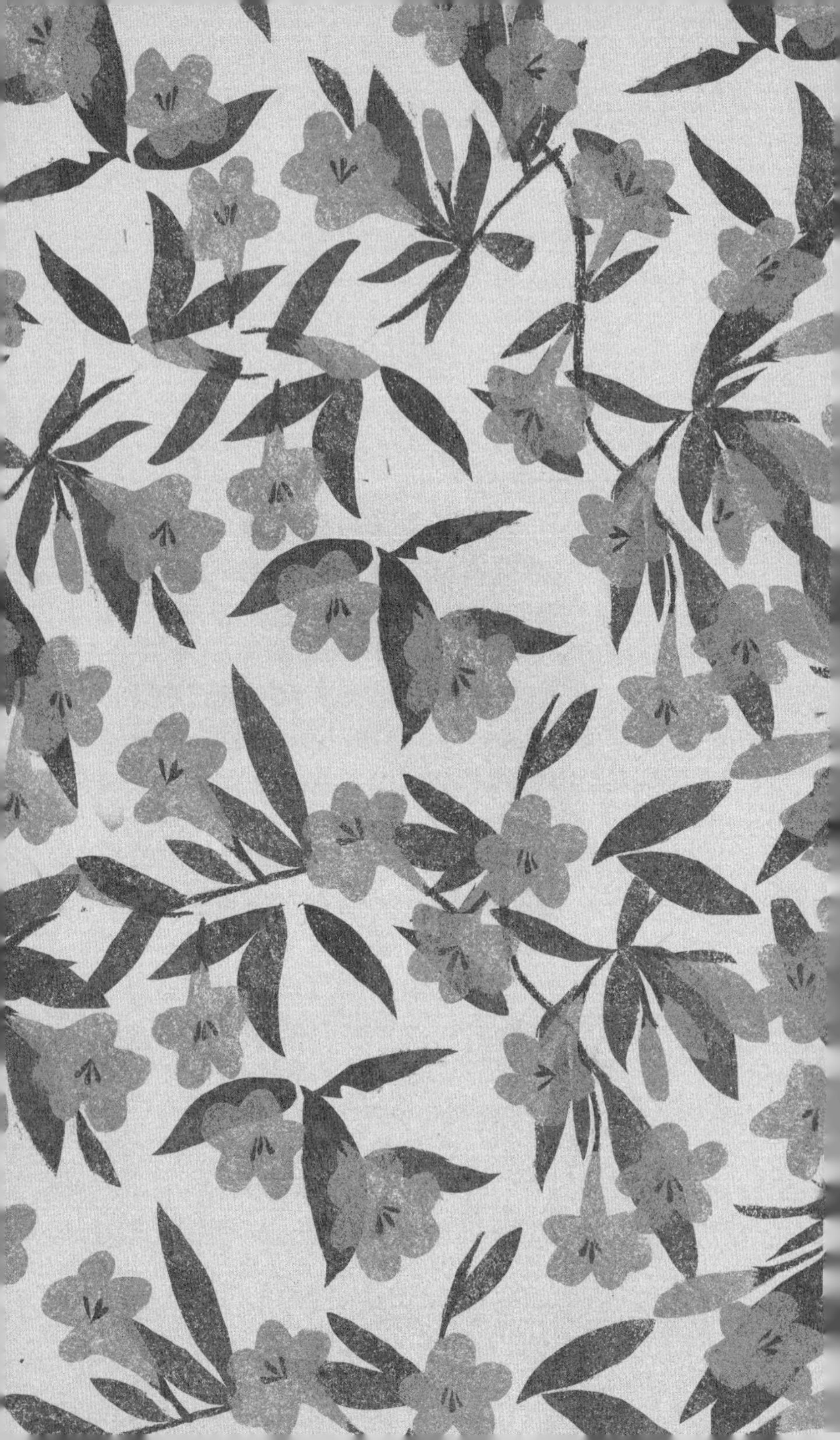

**Acreditamos
nos livros**

Este livro foi composto em Georgia e impresso pela Gráfica Santa Marta para a Editora Planeta do Brasil em abril de 2021.